EL CORREDOR

SERIE CHICAGO BRATVA
LIBRO OCHO

RENEE ROSE

Traducido por
M ZACHS

 Formateado con Vellum

LIBRO GRATIS DE RENEE ROSE

Quiere un libro gratis de Renee Rose? Suscríbete a mi newsletter para recibir *Padre de la mafia* y otro contenido especialmente bonificado y noticias de nuevos. https://Book Hip.com/NCVKLK

EL CORREDOR

HICE UN TRATO CON LA BRATVA...LA VIDA DE MI HERMANO A CAMBIO DE LA MÍA.

Me ofrecieron un trato: treinta noches por la vida de mi hermano.

Treinta noches... con *él*. Nikolai Novikov.

El prestamista encantador y peligroso.

Es engañosamente encantador. Terriblemente atractivo.

Incluso adictivo. Pero todo es una ilusión.

Juré no darle nada más que lo pactado, pero él ve a través de mi fachada.

Cuando se trata del corazón, todo se vale…

Y el ganador se lo lleva todo.

Su hermano nos debe dinero.

La tomaré a ella en su lugar.

ikolai
Ya no encuentro placer en dar una buena paliza.

Como corredor de la Bratva de Chicago, es parte del trabajo, pero no tengo el corazón puesto en ello. No con este chico.

Hundo mi puño en el blando estómago de Zane y observo cómo se dobla, jadeando. Estamos en su habitación de la residencia de Northwestern. Le dije a su compañero que se largara a menos que quisiera que también le partiera la cara.

—Lo siento. Conseguiré tu dinero. Te lo prometo —jadea.

—No. Ya hemos superado la fase de promesas —le digo—. Esta vez, he venido a cobrar. —No es como si no le hubieran advertido. La verdad es que probablemente he sido demasiado blando con él porque Zane me cae bien.

Es inteligente. Fue una adición decente a mi mesa de póker antes de que empezara con la coca y comenzara a comportarse como un imbécil.

Oleg, el ejecutor de nuestra célula de la Bratva, le levanta de nuevo y le sujeta para que pueda golpearle otra vez. Hago un gesto con la cabeza a Adrian, uno de nuestros soldados, para que se encargue del golpe.

No disfruto con la violencia. No de la manera en que lo hace Pavel, el más sádico de nuestra célula de la Bratva. Pero él se mudó a Los Ángeles para estar con su novia actriz, que disfruta de sus tendencias sádicas. Y Oleg, nuestro enorme y silencioso ejecutor, también está enamorado, lo que le ha ablandado.

Probablemente el tipo siempre fue un osito de peluche bajo ese enorme y temible exterior, pero ahora contiene más los golpes. Como prueba, está sujetando en vez de golpeando. Teniendo en cuenta que un solo golpe bien dado de los gigantescos puños de Oleg podría acabar con un tipo, no tiene mucho sentido.

—Te he dado margen mientras conseguías el dinero, pero te saltaste el pago de la semana pasada. No respondiste a mis mensajes. Así que esto es lo que va a pasar.

Adrian le golpea en la mandíbula y luego le propina un gancho con la izquierda en las costillas. Nuestro nuevo limpiador promete. Adrian es nuevo en este país y ha conocido grandes dificultades. Todavía se mueve en el filo de la violencia. El resto nos hemos vuelto más blandos viviendo a lo grande en Estados Unidos.

—Me vas a dar las llaves de tu Mustang y me vas a firmar el título de propiedad.

Zane me mira boquiabierto, con los ojos desorbitados. La sangre le corre por ambas fosas nasales y por el labio.

—No puedes... Yo... —Levanto las cejas, y termina con un simple—: *Joder.*

Adrian le golpea de nuevo.

—No soy completamente despiadado. Deduciré el valor total de reventa de lo que le debes a la Bratva. ¿Es un 2018?

Adrian le golpea antes de que pueda responder, y Zane cae de rodillas.

—Basta —jadea.

—Dame el título.

—Aquí están las llaves. —Mete la mano en el bolsillo y las saca—. El título está en casa de mi hermana. Te lo traeré el viernes.

Cojo las llaves.

—No. Iremos a buscarlo ahora, juntos. No me importaría conocer a la hermana mayor. ¿Cómo se llamaba? ¿Chelle?

Los ojos de Zane se vuelven salvajes, captando perfectamente mi insinuación.

—Deja a mi hermana fuera de esto. Te conseguiré el título ahora mismo. Solo dame un aventón hasta allí.

—Vamos. —Extiendo las manos.

Oleg levanta a Zane, pero tropieza de camino a la puerta, como si hubiera olvidado cómo caminar. Le flanqueamos mientras avanzamos por el pasillo, tomando las escaleras en lugar del ascensor.

Había localizado la posición del Mustang cuando llegamos, así que ahora voy directamente hacia él y me pongo al volante. Adrian empuja a Zane hacia el asiento trasero y toma el del copiloto.

Oleg se marcha para conducir el SUV en el que vinimos.

Zane se abalanza entre los asientos y señala la guantera.

—Hay servilletas ahí —gruñe—. A menos que quieras que manche de sangre tu coche nuevo.

—El coche nuevo de otra persona —digo con suavidad, levantando la barbilla hacia la guantera para que Adrian sepa que puede cogerlas—. ¿Crees que quiero conducir tu viejo cacharro?

Adrian tuerce el labio cuando le pasa las servilletas, y Zane se estremece ante la dureza que capta en el rostro de nuestro soldado.

Conduzco hasta la casa de la hermana de Zane sin necesidad de indicaciones. Ya he hecho mis deberes. Mi hermano Dima, el hacker de nuestra célula de la Bratva, investiga a todos nuestros jugadores. Cuando Zane se metió en problemas con nosotros, Dima profundizó más. Tengo todo lo que necesito sobre Zane para exprimirlo al máximo.

Sé que él y su hermana tuvieron una educación de clase media-alta. Su padre era un corredor de bolsa que se pegó un tiro hace tres años. Heredaron poco porque resultó que el tipo tenía problemas con el juego. Supongo que de tal palo tal astilla en el caso de Zane.

Lo único que el padre no había tocado era el fondo universitario de sus hijos, así que Zane todavía disfrutaba de ese privilegio. La hermana tiene cinco años más y trabaja para la mejor firma de publicidad de la ciudad.

Me detengo frente a un edificio de piedra rojiza en un barrio en transformación de Chicago. Es una de esas zonas emergentes de hipsters donde los viejos edificios están en proceso de gentrificación, pero todavía se pueden encontrar buenas ofertas.

Zane sale y marca un código en la puerta, luego nos guía subiendo tres tramos de escaleras.

—Tú tienes la llave —murmura mirándome. Le entrego su llavero, encuentra la correcta y la introduce en la cerradura.

El apartamento es pequeño pero bonito. Suelo de roble desgastado, paredes pintadas de blanco excepto por algún que otro detalle en turquesa y ciruela apagados. Hay fotos artísticas en blanco y negro enmarcadas con gusto. Todo está relativamente ordenado. Me detengo y recojo una foto enmarcada de lo que parece la graduación de instituto de Zane. Lleva birrete y toga, con una joven mujer bajo el brazo.

—¿Es esta Chelle? —La mujer es mucho más pequeña que

él, pero comparten los mismos rasgos faciales: la forma de la nariz y la boca, su color.

—Déjala fuera de esto —gruñe Zane.

No hago ningún comentario. No tengo intención de hacerle daño a su hermana, pero no me importa hacerle creer que lo haré. Aprendí el arte de la intimidación de Ravil, nuestro *pakhan*. Sé que es más lo que no dices, lo que simplemente insinúas, que lo que realmente haces. Deja que sus imaginaciones vuelen. Deja que se pregunten de qué somos realmente capaces. La verdad es que, aunque operemos al margen de la ley en muchos de nuestros negocios, seguimos un código. No hacemos daño a mujeres inocentes.

Acerco la foto a mi cara para examinarla. Chelle es realmente muy guapa. Es pequeña, dudo que mida mucho más de metro y medio, y todo en ella es diminuto. Su pelo castaño oscuro cae en largas ondas sobre sus hombros, y tiene un puñado de pecas en la nariz. No puedo decir si es solo por la forma en que la luz incide en sus ojos en la foto, pero parecen menos avellana que los de Zane y más dorados.

Zane ha ido a un archivador en el pequeño rincón del salón que parece usar como oficina y está rebuscando en él.

—Lo digo en serio. Chelle no tiene nada que ver con esto.

Me alegra que Zane no sea un completo imbécil. Su deseo de proteger a su hermana de sus errores le hace ganar algunos puntos conmigo.

—¿Has encontrado el título?

Zane está sacando carpetas, rebuscando en ellas y tirándolas al suelo. Finalmente, se pone de pie.

—Aquí está.

Cojea hasta mí y me pone el título bajo la nariz.

—Fírmalo —le ordeno.

—Tendrá que ser notariado.

Sonrío con suficiencia.

—Yo me ocuparé de eso.

—¿No puedes quedártelo y devolvérmelo cuando te pague?

—No. Necesito efectivo. Considérate afortunado de que esté dispuesto a manejar esta transacción por ti. Darte el valor completo es un puto regalo, así que muestra algo de agradecimiento y consígueme el resto de mi dinero.

—Lo haré, lo haré. —Zane coge un bolígrafo y me lo firma. Extiendo la palma para las llaves, y él desengancha la llave del coche del llavero—. Lo siento, tío. Conseguiré el resto.

Me guardo la llave en el bolsillo y dejo caer una mano sobre su hombro.

—Eres muy listo. Sé que puedes resolver esta mierda. Espero otro pago para el próximo viernes, y si no tengo noticias tuyas, no seremos tan amables como lo hemos sido hoy. —Me aseguro de mirar de nuevo la foto de su hermana—. No me importaría involucrar a Chelle en la próxima transacción. Parece una chica ardiente.

Zane hace un sonido ahogado, pero nosotros ya estamos saliendo.

Que se busque su propio transporte de vuelta a las residencias.

CHELLE

—Necesito que trabajes en las compras de medios para estos dos nuevos clientes —me dice mi jefa, Janette, dejando caer dos carpetas sobre mi escritorio a las seis en punto.

Ahí va mi clase de spinning de esta noche.

A pesar de mi posición de secretaria glorificada, estoy agradecida de ser su asistente. Como fundadora y directora de Image First Publicity, es una publicista increíble, que ha convertido su negocio dirigido por una minoría en una empresa de siete cifras en solo tres años.

Por eso estoy aquí mucho después de las cinco, cuando se supone que termina mi jornada. No me voy hasta que ella lo hace porque estoy intentando demostrar que merezco un puesto de publicista junior con mis propias cuentas.

Me encanta el trabajo. Encuentro la publicidad fascinante y glamurosa. Definitivamente tengo aspiraciones de dirigir mi propia empresa algún día. Pero para hacerlo, tengo que trabajar desde abajo, lo que significa que cuando Janette chasquea los dedos, yo corro. Porque este negocio es muy competitivo y hay al menos una docena de personas en la empresa que matarían por mi trabajo. Así que, por el momento, estoy resignada a no tener vida social.

Lo cual está bien ya que mis últimas tres citas de Bumble fueron un desastre total. No me estoy perdiendo mucho.

Excepto el sexo.

Definitivamente echo de menos el sexo.

Un poco de placer físico de vez en cuando estaría bien.

El problema es que no soy el tipo de persona que puede separar el sexo de una relación. No sé cómo salir solo por sexo. Intento imaginar a los chicos con los que salgo en la visión de lo que quiero que sea mi vida futura. Todo es muy serio, y nadie da la talla, y me quedo usando mis dedos y mi vibrador en lugar de bajar mis estándares para satisfacer mis necesidades y luego echar al tío por la puerta por la mañana.

—Me ocuparé de todo —le prometo a Janette, que se ha detenido para apoyar la cadera contra mi escritorio.

Es una buena señal. Significa que está terminando. Cuando se detiene para conversar realmente, sé que se irá pronto.

—Tengo potenciales clientes que vienen de Madison la semana que viene. Necesito invitarles a cenar, mostrarles lo especial que es Chicago. ¿Alguna idea sobre dónde llevarlos?

—Puedes llevarlos a uno de los restaurantes de los rasca-cielos con vistas a la ciudad.

Janette arruga la nariz.

—Demasiado estirado. Son jóvenes. Es Skate 32, tres estrellas de YouTube de skateboard que han monetizado su popularidad con una tienda online que factura trescientos mil dólares al mes. Así que necesito algo más animado y de moda. ¿Qué hay de nuevo en Chicago para la vida nocturna?

Me muerdo el interior del labio.

—Déjame pensarlo y te haré una lista de posibles opciones.

Janette me recompensa con una sonrisa y un rápido golpecito con sus impecables uñas sobre mi escritorio.

—Eso sería genial. Sabía que tendrías algunas ideas. Eres joven y sales más que yo.

No la saco de su error de que realmente tengo vida social. Es decir, me *gustaría* tener vida social. Salí de fiesta un poco en la universidad con mi compañera de piso Shanna. Pero después del suicidio de mi padre, prácticamente guardé esa faceta y la empujé a una caja.

Hoy en día mi vida social consiste en ir al happy hour los miércoles cuando Shanna trabaja en el bar y ver a mi hermano menor, Zane, una vez a la semana para cenar, excepto que no ha aparecido las últimas semanas. Me temo que puede estar de fiesta demasiado. Sus notas del último semestre definitivamente bajaron.

La idea de que acabe como mi padre me quita el sueño por las noches.

Empiezo a ordenar mi escritorio, con la esperanza de haber interpretado bien las señales y que sea apropiado irme por hoy.

Janette se levanta.

—Muy bien, me voy. Te veo mañana.

Apago mi ordenador y la sigo fuera del edificio, ya empezando a elaborar mentalmente la lista de posibles lugares donde podría llevar a los clientes. Para cuando he llegado a casa en tren, tengo media docena de ideas. Me las envío por mensaje mientras camino las pocas manzanas hasta el piso que alquilo.

Cuando abro la puerta de mi apartamento, veo el cuerpo largo de mi hermano desplomado en mi sofá. El alivio de verlo es rápidamente reemplazado por preocupación.

—¿Zane? ¿Qué pasa? ¿Estás enfermo?

No es completamente inusual que esté aquí. A veces viene a hacer la colada, pero hay algo extraño en que esté aquí un viernes por la noche.

Veo su cara en la luz menguante y grito. Le han pegado. Está hinchada, casi irreconocible.

—¡Dios mío! ¿Qué te ha pasado?

Él gime.

—¿Zane? —Corro a su lado, con el corazón desbocado—. Dios mío. ¿Debería llamar a una ambulancia? ¿Quién te hizo esto?

El sentimiento de pavor que recorre mis venas me dice que ya sospecho lo que ha pasado. Está metido en algo malo. Maldita sea. Temía que algo así ocurriera, pero intentaba convencerme a mí misma de que no debía preocuparme.

—Me topé con los puños de un par de tipos. —Zane intenta sentarse, jadeando por el esfuerzo.

—¿Qué ha pasado? —exijo. Quiero la historia completa. Sea lo que sea que me ha estado ocultando estos últimos meses.

Mi hermano es todo lo que tengo en el mundo, y es mi responsabilidad. Aunque solo soy cinco años mayor, después de la muerte de nuestro padre, me convertí en la tutora de mi hermano y la administradora de su fondo universitario. Se supone que debo cuidar de él, y obviamente he metido la pata hasta el fondo.

Las lágrimas me queman los ojos.

—Zane, dime qué está pasando —suplico.

Hace una mueca de dolor al respirar.

—Les debo dinero a unos tipos —admite.

—¿Qué tipos? ¿Traficantes?

—No.

Es un pequeño alivio. Ha estado tan raro últimamente que he sospechado que estaba consumiendo drogas.

—Bratva.

—¿Qué?

—Son *mafiya* rusa. Me retrasé con mis deudas de juego.

—Joder, Zane.

Maldición. ¡Lo *sabía*! Lo sabía perfectamente.

Me levanto y empiezo a dar vueltas.

—¿Cuánto les debes?

—Probablemente alrededor de cuarenta mil ahora. Se llevaron el Mustang hoy y dijeron que descontarían el valor completo de lo que debo.

—Seriamente lo dudo. —Los prestamistas dan condiciones notoriamente malas. No le van a dar el valor completo por su coche—. *¿Quiénes* son estos tipos? —repito, aunque ya me lo ha dicho.

—*Mafiya* rusa.

—Vale, entonces los cuarenta mil son ¿antes o después de que descuenten el valor de tu coche?

—Antes.

Sigo dando vueltas.

—¿Cómo ha ocurrido esto?

—He estado jugando al póker con ellos durante un tiempo. Antes ganaba mucho. Pero... la suerte cambió —dice, como si eso explicara o excusara estar cuarenta mil dólares en deuda con la mafia rusa.

—La suerte cambió —repito incrédula—. ¿Cuándo

cambió tu suerte? ¿Cuánto tiempo llevas acumulando esta deuda? Es decir, ¿es de una noche, o...?

—Unos meses. Dejaron de dejarme entrar hace un mes porque estaba en rojo. He estado trabajando en un plan, pero...

Inclino la cabeza.

—¿Y ese plan es?

Zane evita mi mirada. Se encoge de hombros sin entusiasmo.

—¿Así que realmente no tienes un plan?

—No.

—¿Y cuánto tiempo te dieron para saldar esta deuda?

Se encoge de hombros otra vez.

—No lo dijeron. Supongo que lo de hoy fue una advertencia para que me dé prisa.

—Una advertencia para que te des prisa.

Voy a la cocina, envuelvo una bolsa de hielo en una toalla y se la llevo.

—No me lo puedo creer.

Coge la bolsa de hielo, pero no se la pone en la cara hinchada.

—Lo sé.

—Quiero decir, después de papá... —Mi voz se quiebra.

—*Lo sé.*

No puedo evitarlo, empiezo a llorar. Le arrebato la bolsa de hielo de las manos y la sostengo contra su pómulo amoratado, pero él se aparta.

—Zane, no puedo soportar esto. Es demasiado, ¿vale? No podría soportar que te pasara algo a ti también.

—No me va a pasar nada. —Intenta calmarme—. Estos tipos no son tan malos. Voy a encontrar la manera de devolverles el resto del dinero, y no volveré a jugar. ¿Vale?

Sorbo por la nariz.

—¿Cómo?

—No lo sé. ¿Hay alguna forma de que podamos usar el fideicomiso?

—No —espeto. Sabía que me pediría eso—. Es solo para gastos educativos. ¿Sabes lo afortunado que eres de que papá dejara eso intacto cuando murió?

—Vale, vale. Solo preguntaba. —Intenta ponerse de pie y en su lugar cae de rodillas.

—¡Joder, Zane! —Me abalanzo hacia delante y le agarro del brazo—. Vamos. Te llevo al hospital.

CAPÍTULO 2

ikolai

La partida está en pleno apogeo a las once. Tenemos una suite en un hotel de lujo donde tengo una mesa con siete jugadores. Estoy satisfecho: la casa ya ha ganado treinta mil, y tengo un comprador en espera para el Mustang de Zane.

Suena un golpe en la puerta y, mientras voy a abrir, lanzo una mirada a mi gemelo, Dima, que está en la ciudad este fin de semana. Oleg me flanquea, como guardaespaldas. Dima alcanza la pistola en su cintura. Todos somos más cautelosos desde el incidente con los federales el mes pasado. Morir por un disparo en una de mis partidas no es la forma en que quiero irme. Morir joven ha sido una posibilidad desde el día en que mi hermano y yo nos unimos a la Bratva, pero prefiero morir con gloria que por un disparo de un crío con el gatillo fácil.

Entreabro la puerta para mirar afuera.

—Estoy aquí para ver a Nikolai —anuncia una voz femenina.

—Oh, ni de coña —digo cuando contemplo a la pequeña

pero formidable mujer que está afuera. La reconozco de la foto en su apartamento: la hermana de Zane.

Ella introduce preventivamente su mano por la rendija de la puerta antes de que pueda cerrarla.

Puede que sea un cabrón, pero nunca aplastaría los dedos de una mujer. Tampoco voy a dejarla entrar en la suite del hotel para arruinar el ambiente. Abro la puerta lo suficiente para salir, obligándola a retroceder hacia el pasillo.

Está adorablemente enfadada, con su metro sesenta de estatura. Su pelo castaño está recogido en una coleta alta y gruesa, y sus ojos dorados desprenden fuego. Pecas bronceadas salpican su nariz y pómulos, combinando con los destellos rojizos de su cabello.

Oleg se cierne en la puerta detrás de mí, atrayendo su mirada, lo que me desagrada por alguna razón.

—Me ocupo yo —le murmuro en ruso, dejándola sin entender, y Oleg se retira y cierra la puerta.

Ella pone las manos en las caderas y levanta las cejas.

—Soy Chelle Goldberg. ¿La hermana del tipo que enviaste al hospital hoy?

—Sé quién eres —digo con suavidad, avanzando hacia ella, solo para ver si retrocede o mantiene su posición.

Mantiene su posición, lo que encuentro aún más adorable.

—Dime que Zane no te dio la ubicación de esta partida porque ese chico no necesita otra paliza mía en este momento.

—No —espeta, alzando la barbilla—. Vi el mensaje de texto en su teléfono. Mientras estaba tumbado en una cama de hospital.

Pongo los ojos en blanco.

—Zane no necesitaba ir al hospital, Pecas. Lo único que harían en urgencias sería darle unos analgésicos, que es justo lo que no necesita un tipo con problemas de abuso de sustancias.

Eso le quita el ímpetu y el aliento. Me mira parpadeando, como si mis palabras le hubieran dado un desagradable shock. Siento un leve remordimiento.

¿En serio no sabe que su hermano tiene un problema con las drogas?

Quizás ha estado en negación, y el hecho de que yo lo diga en voz alta lo hizo real.

—Vete a casa. Quítale las pastillas para el dolor. A ver si espabila y pone en orden su vida.

—Vine aquí para hablar sobre la deuda de Zane. —Ha perdido parte de su bravuconería. Me mira a los ojos, pero ya no puede mantener la mirada.

Cruzo los brazos sobre el pecho.

—Pues habla.

Ella mira alrededor con dramatismo.

—¿Aquí en el pasillo?

Es cómodo para ser un pasillo. Papel pintado, obras de arte y mesitas auxiliares con pesada cerámica encima.

—No vas a entrar aquí, muñeca. No a menos que hayas traído efectivo.

Agarra su bolso con más fuerza, como si estuviera a punto de arrancárselo del brazo.

—Vine para averiguar exactamente cuánto debe. Y para ver si podríamos llegar a algún tipo de acuerdo.

Oh, Pecas, sí. Definitivamente me gustaría llegar a un acuerdo contigo.

Del tipo en que ella termina desnuda y atada a mi cama.

Dejo que mi interés se muestre en mi lento examen de su cuerpo. No es curvilínea, de hecho, es un poco angulosa, pero encuentro todo el conjunto seductor. Algo sobre ella me interesó en el momento en que vi su foto en su apartamento.

—¿Qué tipo de acuerdo? —Mi ronco murmullo tiene un

tono seductor, y su cuerpo responde, con los pezones sobresaliendo a través de su fino jersey.

Ella tensa la mandíbula.

—¿Puedo entrar?

Joder. Definitivamente no quiero que entre en la suite. Pero por alguna razón, me resulta difícil negárselo.

Contra mi buen juicio, abro la puerta y la hago pasar.

Oleg inmediatamente se acerca para registrar su bolso y cachearla, y tengo que ahogar la brusca reprimenda que sube por mi garganta. Está haciendo su trabajo. Protegiéndome de que me disparen otra vez. Simplemente no me gusta que ponga sus manos sobre ella.

Ella echa un vistazo rápido a la partida que está en marcha y luego saca un grueso sobre de su bolso después de que Oleg se lo devuelva y me lo entrega.

Saco el dinero y lo cuento.

—Mil quinientos menos de la deuda de Zane —le digo a Dima, que está posicionado con su portátil cerca de nosotros para registrar cada vez que cambia de manos el dinero.

Asiente y lo escribe.

—¿Es suficiente para que lo dejes en paz unas semanas? —exige ella.

—No, conejita.

Sus ojos destellan con molestia por el apodo, pero no lo menciona.

—¿Cuánto más debe?

—Me debe cuarenta mil ahora mismo.

Ella suelta un pequeño resoplido.

—¿Le quitaste diez mil por el Mustang?

Asiento.

—Ese es el valor de reventa.

Ella hurga en su bolso otra vez y saca un juego de llaves. Desenreda una llave de Toyota del llavero.

—Llévate mi coche. Debería valer al menos otros diez mil. —Sus dedos tiemblan cuando me ofrece la llave.

Me niego a tomarla.

—No voy a llevarme tu coche.

Ella me pone la llave en la cara y la agita, el temblor haciéndose más visible. Sus labios también tiemblan, aunque sospecho que es de rabia, no de miedo. Ciertamente no son lágrimas. Chelle es una chica dura, eso es obvio.

—Tómala —espeta—. Te llevaste el de Zane.

—No voy a llevarme tu coche. Tú no te mereces eso. ¿Has considerado las consecuencias a largo plazo de estar siempre sacando a tu hermano de apuros?

Su frente se arruga.

—¿Qué?

—¿Crees que Zane aprenderá la lección si sigues haciendo sacrificios para evitar que le rompan la nariz?

Se le cae la mandíbula.

—¿Así que ahora recibo consejos de vida de su puto *prestamista*? ¡Tienes que estar de broma!

Sonrío con suficiencia. Esta mujer es de lo más adorable. Apoyo mi hombro contra la pared y cruzo los brazos sobre el pecho.

—Lo creas o no, tu hermano me cae bien. Antes de que metiera la nariz en la coca, era un brillante jugador de cartas y una presencia entretenida en mi mesa. ¿Ahora? Es un capullo y está fuera de control. Necesita ayuda, pero no la va a conseguir si tú le limpias sus desastres.

—¿Así que le pegas por amor duro? ¿Es eso? —Su voz rezuma sarcasmo.

Me encojo de hombros otra vez.

—Es una consecuencia natural cuando estafas a la Bratva. Habrá más si no se pone las pilas pronto.

Parte de su valentía se desvanece, y veo bailar la incertidumbre en su expresión. Tengo que luchar contra el impulso de asegurarle que no voy a desmembrar a su hermano. Parte del problema es que dejé que Zane pensara que éramos amigos. Puede que el chaval me caiga bien, pero eso no significa que no tenga que pagar, de una forma u otra.

—Su otra consecuencia natural es perder su vehículo. Pero no debería ser el tuyo. Tú no eras quien esnifaba coca y jugaba a lo loco en mi mesa.

Sus ojos se llenan de lágrimas, y ella las reprime parpadeando. Traga saliva.

—Ahora usa una moto. Era de mi padre. Podrías ir a quitársela también.

—Puede traérmela él —digo con suavidad.

—Yo la traeré...

—No, no —la interrumpo—. Mantente al margen. Zane puede resolverlo. Es un chico listo.

Me mira durante un momento y luego asiente.

Le abro la puerta.

—No vuelvas por aquí —digo cuando se acerca para pasar.

Se detiene y me mira. Tengo el impulso irracional de contar las pecas que salpican sus pómulos.

—¿O qué? —Veo ese destello de furia otra vez—. ¿Me pegarás a mí también?

—¿A ti? —Levanto las cejas, y luego dejo que algo del calor que ella despierta en mí se muestre en mi mirada—. No, Pecas —murmuro con un ronroneo sugerente—. Te sujetaré las manos contra la pared y azotaré ese culito tan mono hasta que te oiga suplicar.

Sus pupilas se dilatan, sus labios de baya se entreabren.

—¿S-suplicar por qué? —pregunta.

Contengo mi risa.

—¿Por qué me suplicarías tú, Chelle?

Inspira bruscamente.

—Eres...

Inclino la cabeza cuando deja la frase en el aire, esperando un insulto con palabrotas.

—*Atrevido.*

Mis labios se tuercen en una sonrisa sorprendida.

—Y tú estás interesada. —Dejo que mi mirada baje hasta los pezones erectos que se marcan a través de su jersey.

Ella también los mira y se sonroja. Su mirada recorre mis antebrazos tatuados y cruza mi hombro hasta detenerse en mi garganta. En el momento en que logra levantarla lo suficiente para encontrarse con mi mirada, la electricidad pulsa entre nosotros.

Mi polla se pone más dura que una piedra. Ella se queda inmóvil.

Oh, Zane. Acabo de tener la idea más perversa de cómo puedes pagar tu deuda.

Excepto que yo no pago por sexo. Ni permito que se utilice como moneda.

Tengo una norma personal al respecto solo para mantener las cosas limpias.

Además, Adrian probablemente intentaría meterme la cabeza en una picadora de carne si lo hiciera. Vino a Estados Unidos para liberar a su hermana de los traficantes de personas, una experiencia horrible de la que todavía apenas se está recuperando.

Observo cómo un temblor recorre el pequeño cuerpo de Chelle, pero para mi decepción, parece devolverla a la realidad. Pasa junto a mí y sale al pasillo.

—No vuelvas —le recuerdo.

Me dedica una peineta sin volverse mientras se aleja.

Me quedo en la puerta, observando cómo se contonea su bonito trasero al caminar, saboreando todo lo que es Chelle Goldberg. La fogosa, adorable y muy follable Chelle.

Maldita sea.

La deseo.

Tiene suerte de que tuviera suficientes escrúpulos para dejarla marchar.

La próxima vez quizás no tenga tanta suerte.

CHELLE

Pulso el botón del ascensor ocho veces en cuatro segundos, plenamente consciente de la mirada de Nikolai que me quema la espalda.

¿Qué acaba de pasar?

Estoy conmocionada por la interacción.

La puerta del ascensor se abre y me lanzo dentro. Por supuesto, cuando me giro para pulsar el botón, Nikolai sigue allí, observándome con diversión.

Maldito sea.

Un mafioso acaba de darme una lección. Eso más o menos lo anticipaba, pero fue la forma en que ocurrió lo que me dejó en shock.

Esperaba que Nikolai fuera aterrador. Me imaginaba dientes de oro, cadenas alrededor del cuello y un revólver apuntando a mi cabeza, algo así. Y ciertamente parece peligroso. Pero no esperaba esa imagen de seductor. El atractivo. El encanto.

Sus brazos están cubiertos de tatuajes, pero llevaba pantalones de vestir y una bonita camisa, abierta en el cuello. Sin cadenas. Buenos dientes. Dientes perfectos, en realidad, y una sonrisa de Hollywood.

Nikolai es tremendamente sexy.

¿Por qué me suplicarías tú, Chelle?

No estoy segura de que vaya a poder quitarme ese gruñido sugerente de la cabeza. Ni puedo desterrar su amenaza. ¿Quiere azotarme?

Mmm, sí, por favor.

Incluso ahora, sola en el ascensor, el recuerdo me hace sonrojar. Probablemente estaré sonrojada hasta el Día de Acción de Gracias.

Me odio por excitarme tanto con esas palabras. Con él.

¿Qué ha pasado ahí atrás?

Esa no fue la parte más desconcertante. Fue la manera en que habló de Zane, como si realmente lo conociera. Como si incluso le cayera bien. Parecía preocupado por el problema de drogas de Zane. Ese que yo esperaba que no existiera. Me impactó escucharlo en voz alta.

Zane está metido en las drogas. Eso me temía, pero sinceramente, había estado evitando esa verdad. Me pilló desprevenida, así que cuando Nikolai me dio su consejo estilo Dr. Phil sobre dejar que Zane fracase, lo escuché. Por mucho que odie admitirlo, puede que tenga razón.

No puedo creer que esté recibiendo consejos sentimentales de un prestamista de la *mafiya* rusa.

Las puertas del ascensor se abren y salgo. Un viento frío sopla entre los edificios del centro de Chicago, haciéndome desear haber traído una chaqueta. Me rodeo la cintura con los brazos mientras corro hacia el aparcamiento donde dejé mi coche. No podía permitirme la tarifa del garaje del hotel, era astronómica. Al doblar la esquina, me detengo y miro hacia el edificio, como si pudiera ver a través de las paredes y los pisos para echar un último vistazo al agresor de mi hermano.

Un escalofrío me recorre. Estaba loca por venir aquí sola. Tengo suerte de que Nikolai no fuera horrible. Esto podría haber salido terriblemente mal.

Toda la indignación que había albergado de camino aquí se ha disipado. Ahora solo estoy enfadada con Zane.

Él provocó esto.

Nikolai tiene razón. Zane debería resolverlo por sí mismo.

El problema es que Zane es todo lo que tengo, y es mi hermano pequeño. Mi responsabilidad. Si no resuelvo sus problemas, podría acabar permanentemente dañado o muerto.

Mi mente vuelve al comentario de Nikolai sobre el hospital.

No debería parecerme interesante o respetable que pareciera saber exactamente cuán graves eran las heridas de Zane. Creía que Zane no necesitaba atención médica. Eso no le hace honorable.

Pero le hace inteligente. Mucho más inteligente de lo que anticipé. La paliza que le propinó a Nikolai fue calculada. Medida. Quizás un remedio prescrito para clientes que se retrasan.

No quiero descubrir qué le hará a Zane a continuación si mi hermano no cumple.

Abro la puerta de mi coche, el que había planeado entregar a la Bratva, y me subo.

Bueno, todavía tengo un coche. Puede que no tenga un hermano por mucho más tiempo, pero puedo conducir hasta su funeral.

CAPÍTULO 3

Nikolai

—Gira tu extremo hacia ese lado —le indico a Oleg, que sostiene el otro lado del nuevo sofá que acaban de entregarme.

Me estoy mudando del ático a un apartamento en el piso de abajo. Vivir arriba estaba bien cuando éramos solo los seis miembros principales de la célula viviendo juntos. Era un piso de solteros y vivíamos como reyes. Pero Ravil secuestró a la madre de su hijo y la trajo a vivir con nosotros, y Maxim trasladó a su renuente esposa, Sasha, poco después. Luego Oleg tuvo que traer a su novia Story para mantenerla a salvo. Ahora Pavel y Dima se han mudado fuera de la ciudad para estar con sus novias, así que me dejaron como el único soltero dando palos de ciego allí arriba.

—Sí, justo ahí. Déjalo.

Los dos bajamos nuestros extremos al suelo simultáneamente, y me aparto para evaluar el resultado. Está orientado hacia el enorme televisor de pantalla plana que mandé instalar en una pared. Como en el ático de arriba, mi apartamento cuenta con ventanales de pared a pared con vistas al lago Michigan y todo el lujo asociado con el Kremlin. Suelos de madera noble, encimeras de cuarzo, los accesorios más finos, lo tiene todo.

Contraté al decorador de Ravil para elegir el mobiliario y la decoración de las paredes, así que tiene buen aspecto. Pero he tenido a Oleg y Adrian moviendo mis cosas conmigo durante todo el día, y no consigo que se sienta bien.

Lo que le falta es... calidez.

Gente.

El lugar se siente vacío.

La triste y jodida verdad es que tengo veintiocho años y nunca he vivido solo. Mientras crecía, siempre compartí habitación con mi gemelo. Luego Dima y yo fuimos reclutados, quizás *reclutados a la fuerza* es una palabra mejor porque no es como si tuviéramos elección, por la Bratva incluso antes de terminar la secundaria. He vivido en estrecha proximidad con otras personas toda mi vida.

Oh, ¿a quién intento engañar? Que Dima se fuera fue como si me arrancaran un miembro del cuerpo. Dima es el más notable de los dos. Él fue el novio de la chica que murió de cáncer en el instituto. Luego rápidamente se convirtió en uno de los miembros más útiles y poderosos de la Bratva con sus habilidades de hacker. Yo nunca he sido nada más que el hermano de Dima. El tipo que lo equilibra. La cara exterior del paquete que éramos los dos.

Ahora se ha ido a vivir con su novia Natasha a un par de horas en coche. Estoy tan jodidamente feliz por él, pero estoy *a la deriva*.

Literalmente no sé quién soy o qué coño estoy haciendo sin él aquí para respaldarle.

Quedarme en el ático era demasiado doloroso con su ausencia. Pensé que mudarme aquí abajo aliviaría esta irritante sensación de vacío que he estado albergando últimamente, pero ahora que estoy aquí de pie en mi solitario y jodido apartamento, me doy cuenta de que solo va a exacerbarla.

Necesito un maldito hobby.

Blyad.

No tengo ni idea de por qué ese pensamiento me trae a la mente las tetas de la hermana de Zane. Jugar con sus firmes pezones no sería un hobby. *Gospodi,* me muero por saber cómo se ven. Algo en ella todavía me tiene duro una semana después.

Fue su respuesta a mi colorida sugerencia de cómo me gustaría castigarla lo que me excitó. Estaba seguro de que se enfadaría. Vi lo explosiva que podía llegar a ser. Pero no, estaba intrigada. Quería probar mi dominación.

Ahora no puedo sacarme de la cabeza la idea de dársela.

Lástima que no vaya a suceder.

—Tú y Story deberíais mudaros al apartamento de al lado —le sugiero a Oleg, que permanece perfectamente quieto, observándome.

El tío puede ser espeluznante. No solo está en silencio porque le cortaron la lengua. Hace que toda su presencia sea silenciosa. Como si un tipo tan grande como Hulk pudiera alguna vez desvanecerse en el fondo.

Un destello de sorpresa cruza su rostro, como si no lo hubiera considerado. Quiero decir, no es que Ravil nos ofreciera este piso. Quién sabe por qué lo había estado guardando, los tres apartamentos de lujo debajo del ático estaban vacíos antes de que yo me mudara aquí. Simplemente me estaba ahogando allí arriba, así que pregunté si había algún otro lugar donde pudiera vivir.

—Se está volviendo estrecho allí arriba, ¿no crees? —pregunto.

Oleg se encoge de hombros y hace un movimiento de balanceo con las manos en el aire, la señal de "quizás". Luego hace otro gesto. Tengo que prestar atención para intentar descifrarlo. Puede que haya dominado el inglés, pero todavía estoy aprendiendo la lengua de signos estadounidense.

—¿Ravil ya te dio un apartamento? —pregunto. Entonces me doy cuenta de lo que está diciendo—. Ah, el estudio de música de Story. Cierto. Bueno, puedes permitirte el alquiler si te lo cobra. Recuerdo la enorme bolsa de dinero que dejaste atrás cuando intentaste dejarnos.

Le estoy tomando el pelo. No había intentado marcharse, había estado tratando de salvar a su novia de su villano ex jefe. Pero el punto es que le había dejado a Story una enorme bolsa de dinero cuando fue a asesinar o a ser asesinado por su jefe.

Oleg parece pensativo y me hace de nuevo la señal de "quizás".

Me aparto y examino la habitación.

—¿Contento ya? —me pregunta Adrian en ruso.

—Inglés —murmuro porque, aunque Ravil no está aquí, seguimos sus reglas.

Quiere que todos hablemos inglés porque dice que el idioma es poder. Usamos nuestra lengua materna cuando necesitamos hablar a espaldas de alguien; de lo contrario, practicamos nuestro inglés. Adrian, nuestro limpiador, solo lleva aquí un año y todavía se irrita con la regla. Vive con su hermana, Nadia, abajo, y dudo seriamente que practiquen el inglés en casa. El trastorno de estrés postraumático de Nadia por haber sido víctima de trata sexual le dificulta esforzarse.

—¿Está bien? —intenta de nuevo Adrian.

—Servirá —concedo—. Vamos, vosotros dos, tenemos algunas deudas que cobrar antes del partido.

No hay descanso para los pecadores, como dicen. Ser el corredor de apuestas para la Bratva definitivamente me convierte en uno de los pecadores.

≈

Chelle

¡Mierda, mierda, mierda, mierda!

Golpeo con la palma de la mano la caja fuerte del trabajo. Son las ocho de un viernes por la noche, y todavía estoy en la oficina después de un largo día ideando conceptos de campaña publicitaria para la línea de anillos de lujo de un cliente. Janette me dejó limpiando el desastre del equipo, incluido guardar el carísimo y exclusivo anillo de diseñador en la caja fuerte, pero no puedo abrir la maldita cosa.

Intento llamar al móvil de Janette, pero salta directamente al buzón de voz. Por supuesto que sí. Recuerdo perfectamente que lo silenció durante la reunión. Mierda. ¡Puede que no lo active hasta mañana por la mañana!

¿Qué se supone que debo hacer? No me siento cómoda dejando el anillo aquí. Quiero decir, podría esconderlo en mi escritorio o algo así, pero el conserje está aquí, y si algo le pasara, sería mi responsabilidad.

No, es mejor llevármelo a casa. Lo devolveré el lunes y le explicaré la situación a Janette entonces. Probablemente se pondrá como una fiera, pero al menos sabrá que me tomé el trabajo en serio, y para entonces, el anillo estará de nuevo bajo llave en la caja fuerte, y no tendrá nada de qué preocuparse.

Para cubrirme las espaldas, le envío un mensaje explicándole la situación y mi solución, luego escondo el anillo en el fondo de mi bolso y salgo del edificio.

Tan pronto como me libero de la oficina, mis pensamientos se dirigen a los acontecimientos del viernes pasado. Por lo que entiendo, la partida de póker del ruso es todos los viernes, y se espera que Zane aparezca y haga un pago o sufra las consecuencias. *No es mi problema,* intento decirme a mí misma. Zane necesita resolver esto. En realidad, estoy tratando de seguir el consejo de su prestamista.

Pero mi estómago se retuerce en un nudo apretado. Saco mi teléfono y llamo a Zane.

—Hola, Chelle, ¿qué pasa? —La voz de Zane suena tensa y cargada de preocupación, lo que dispara mis instintos protectores al máximo.

—Oye, ¿qué pasa con los rusos?

—Sí, estoy trabajando en ello.

Casi seguro que eso significa que no tiene ningún plan.

—¿Qué significa eso?

—Tengo un plan, pero va a llevar unas semanas ejecutarlo.

—¿Cuál es el plan?

—No te preocupes por eso.

Mierda. Eso tiene que ser código para algo ilegal.

—Estoy preocupada, Zane. ¿No se supone que tienes que hacer algún tipo de pago a Nikolai cada semana, o vendrá a romperte las rodillas?

Zane guarda silencio un momento.

—¿*Nikolai*?

No le había mencionado mi visita a la partida la semana pasada. Estaba inconsciente en mi sofá con analgésicos, y después de que Nikolai me sirviera una ración de terapia sobre dejarle resolver sus propios problemas, no pensé que contarle que había ido corriendo a ofrecer mi coche fuera útil.

—Joder, Chelle, ¿qué has hecho? —El pánico en la voz de Zane me asusta.

Subo al tren y encuentro un asiento, con el teléfono apretado con demasiada fuerza contra mi oreja.

—Le pagué todo el dinero que pude reunir la semana pasada. No era tanto, unos mil quinientos.

—¿Tú... tú le *pagaste*? —Zane está balbuceando.

Unos escalofríos helados me recorren los brazos ante su evidente miedo.

—¿Cómo? ¿Cómo lo encontraste?

—Te envió la ubicación a tu teléfono. Estabas inconsciente, así que fui yo.

—¿Estás loca? —Zane prácticamente me grita al oído—. Chelle, estos tipos son peligrosos. ¿O es que mi cara hinchada no te convenció?

—Dijo que se llevaría tu moto. —Voy directo a lo importante.

—¿Qué? —estalla Zane—. ¿Le hablaste de la Ducati? El título sigue a nombre de papá, pensé que no lo descubriría. ¿Por qué se lo dijiste? Es lo único que tengo para moverme ahora mismo.

—Estaba tratando de evitar que te mataran.

—La Bratva no va a matarme. No puedo pagarles si estoy muerto. Chelle —Zane suelta un resoplido de ansiedad—, no estoy ni la mitad de seguro de que no intenten algo *contigo*.

Me toma un momento asimilarlo.

—¿Conmigo?

—¿No lo ves? Nikolai ya estaba insinuando que estabas en peligro cuando fuimos a tu apartamento a buscar el título, así que...

—¿Nikolai *estuvo en mi apartamento*? —La sensación de invasión me impacta totalmente.

—Tuve que darle el título del Mustang. Pero lo que pasa es que ya sabía de ti antes de que fuéramos. Así que el que aparecieras allí me asusta muchísimo. Podría haberte atrapado mientras estabas allí.

Un frío se derrama por mi garganta hasta mi pecho.

—¿Atraparme?

Nada en mi interacción con el prestamista ruso me hizo pensar que me *atraparía*. De hecho, me había despachado y me dijo que no volviera.

Y amenazó con darme una azotaina. Intento no pensar en

esa parte. O en los hormigueos que provoca en mis partes íntimas.

¿Qué tipo de acuerdo?, había ronroneado, como si estuviera dispuesto a dejarme pagar la deuda de mi hermano con mi cuerpo. Mentiría si dijera que no he estado pensando en ello sin parar desde entonces.

Aun así, tengo que creer a Zane. Tiene razón: Nikolai le causó todos esos moratones. Imaginar que es algo más que un monstruo sería un error.

—Tienes que llevarle la moto. Esta noche. No juegues con estos tipos, Zane. Estoy asustada.

—Sí, vale. —Creo que mi admisión de miedo es lo que le convence. No era su hermana mayor diciéndole qué hacer, se trataba de él protegiéndome del peligro al que me había expuesto—. Necesito el título, entonces. Tú también tienes ese.

—Sí. Pásate por aquí, lo sacaré para ti. Ya casi estoy en casa.

—Vale, te veo pronto.

Terminamos la llamada, e intento calmar mis nervios destrozados. Cuando llego a mi apartamento, dejo mi bolso en la mesa de café y saco el título de la moto. No puedo decidir entre comer o ducharme. Gana la ducha porque si puedo hacerlo antes de que Zane llegue, tal vez podamos comer juntos.

Me meto bajo el chorro caliente y me apoyo contra los azulejos, dejando que el agotamiento del día se esfume. Entre el trabajo y este asunto con Zane, el estrés me está matando. La imagen de Nikolai se materializa en mi mente. No solo cómo se veía, sino que su aroma vuelve a mí: algún tipo de jabón con un toque de especia masculina. Terroso pero limpio.

Oh, Dios.

No debería pensar en Nikolai cuando estoy desnuda. El

agua que golpea mis pezones los hace endurecerse hasta doler. Paso mis pulgares sobre ellos y gimo suavemente. Es extraño que pueda excitarme cuando estoy tan estresada. Quizás es la forma que tiene mi cuerpo de decirme cómo aliviar el estrés.

Debería simplemente dejarlo fluir, ¿verdad?

Doy la espalda al chorro y coloco mis manos en los azulejos, fingiendo que estoy en la posición en la que Nikolai amenazó con ponerme.

¿Por qué suplicarías, Chelle?

¡Dios, quiero esa voz con acento fuera de mi cabeza! Probablemente si me permito tener un orgasmo con esta fantasía, podré desterrarla. Llevo mis dedos entre mis piernas y acaricio la suave carne allí. Inclino mi trasero un poco más como si el agua fuera mi compañero de juego, y lo estoy ofreciendo. Mentalmente desnudo a Nikolai. Vi destellos de tatuajes subiendo por sus brazos. ¿Hasta dónde llegan? ¿Solo los antebrazos? ¿Por todo su pecho? ¿Sus hombros son tan musculosos como parecían bajo esa impecable camisa abotonada?

Froto mis dedos sobre mi clítoris, con la respiración cada vez más entrecortada. ¿Cómo sería si me permitiera enrollarme con alguien? Sin compromisos. Solo sexo. ¿Alguien como ese chico malo ruso prestamista que quiere darme azotes?

Introduzco las yemas de mis dedos dentro y me corro. El calor del agua y el vapor me marean de repente, y me apoyo en los azulejos para sostenerme.

Un golpe en la puerta del baño me hace gritar de sorpresa.

—¿Chelle? Soy yo.

Zane.

Cierro el agua.

—Hola. Salgo en un minuto.

—No pasa nada, me estoy marchando. Ya tengo la documentación. ¡Adiós!

Vaya. Ahí va mi cita para cenar. No es que hubiera sido una buena cita. Habría estado preocupada por sus problemas todo el tiempo de todos modos. Salgo de la ducha y limpio el espejo, observando mi cuerpo desnudo.

Mmm. Todavía quiero sexo.

Con el chico malo ruso.

Debo estar loca.

CAPÍTULO 4

*N*ikolai
   Es viernes. Necesito un pago de tu parte antes de las diez, le escribo a Zane mientras preparamos todo para la partida. Dima ha vuelto a la ciudad por el fin de semana, lo que ayuda con mis sentimientos de inquietud.

Zane responde inmediatamente, *Voy de camino ahora con uno grande.*

Uno grande. Interesante.

Sabía que el chaval podría sacarse algo de la manga para saldar cuentas conmigo. Puede que sea joven, pero es listo y tiene contactos y recursos. Creció con dinero, aunque ahora no lo tenga.

Es extraño que me sienta aliviado por su hermana al saber que va a cumplir. No me gusta que los inocentes salgan perjudicados por nuestras actividades. No es que ella fuera a resultar perjudicada. Intentó involucrarse, y la encuentro una seria tentación.

Zane da la contraseña secreta veinte minutos después, y Oleg le deja entrar. Oculto mi sonrisa cuando se estremece un poco, mirando los grandes puños de Oleg. Los moratones en su cara se han vuelto morados y amarillos. Definitivamente está sometido; parece que le quitaron a golpes esa actitud arrogante la semana pasada.

Lleva una chaqueta de cuero para montar en moto, y tiene un casco rojo AGV de motocicleta bajo el brazo que nuevo probablemente valdría alrededor de mil dólares. Podría conseguir unos 500 dólares por él, lo que significa que le daría un crédito de 200.

—¿Qué tienes para mí? —pregunto, caminando detrás de la mesa plegable que tenemos instalada cerca de la puerta de la suite para registrar a la gente.

Coloca una llave de motocicleta sobre la mesa y luego mete la mano en el bolsillo interior de la chaqueta de cuero para sacar un título de propiedad y un ticket de aparcamiento del garaje del hotel, que deja junto a la llave.

—Supongo que ya sabías sobre esto. Probablemente también sepas cuánto vale.

Asiento con la cabeza.

—Ducati 2015. Valorada en doce mil dólares. —Recojo el título y lo examino—. Esto no está a tu nombre.

Zane suelta un resoplido de fastidio.

—Está a nombre de mi padre, pero él está muerto. Puedo simplemente firmar con su nombre, ¿vale? Seguro que tienes algún notario al que puedes obligar a falsificarlo.

No se equivoca. Tenemos acceso a todo lo que necesitamos para mover mercancía robada.

—¿Dónde está la moto ahora?

—En el aparcamiento de abajo, plaza A 31.

Con otro tipo quizás iría a asegurarme, pero tengo a Zane completamente bajo mi control. No va a joderme. No está preparado para desaparecer y marcharse de la ciudad para siempre. Además, sé dónde vive su hermana.

—De acuerdo. —Miro por encima del hombro hacia

donde Dima está sentado con su portátil—. Doce mil menos en la cuenta de Zane.

—¿Y esto? —Coloca el casco—. Es un AGV. Vale mil dólares.

—Mil nuevo. Te daré doscientos.

Un músculo se contrae en la mandíbula de Zane, pero deja caer el casco sobre la mesa con un golpe.

—Vale.

Dima toma nota.

—Espera, hay más. Esto debería cubrir todo.

Zane mete la mano en su bolsillo y saca una pequeña caja de anillo. Hago un sonido de desacuerdo, pero cuando la abre, me quedo impresionado por el anillo de diamantes que hay dentro. La piedra es grande, y el engaste es artístico y caro.

—¿Has robado esto?

Zane me mira directamente desde debajo de su flequillo oscuro. Me doy cuenta de que también tiene pecas. Es decir, supongo que las noté antes, pero las percibo más ahora que he visto lo monas que quedan en su hermana.

—Sí —admite.

—Mover un diamante robado no es tan fácil como notarizar el título de una motocicleta.

—Bueno, esa cosa vale mucho. Lo que consigas por ella debería cubrirme.

—Lo dudo. —El anillo es espectacular, pero no vale treinta mil euros, especialmente siendo robado. Aun así, hizo un esfuerzo, tengo que reconocérselo—. Intentaré venderlo. Recibirás un crédito por dos tercios de lo que consiga.

—¿Dos tercios? —balbucea Zane.

—Es un trato generoso, y solo lo ofrezco porque me caes bien.

Zane suelta un bufido.

—Lo disimulas bastante bien —murmura.

—Créelo —dice Dima—. Nikolai se está conteniendo contigo, chaval. Muestra algo de puto agradecimiento. —Adrian y Oleg lo miran con dureza.

—Estoy asumiendo el riesgo de mover mercancía robada. —Levanto las cejas—. O puedes moverlo tú mismo y darme el dinero —ofrezco, sabiendo perfectamente que en una casa de empeños le van a dar por el culo.

Él también lo sabe. Me lanza una mirada resentida.

—¿Entonces estamos en paz?

—*Da.* —A propósito, no digo nada más para hacer que su cerebro trabaje.

—¿Como... completamente en paz?

—*Nyet.*

—Venga ya con las respuestas rusas de una palabra. ¿Cuál es el trato?

Sonrío. Por esto me gusta el chaval. No está en ninguna posición de poder, pero todavía está dispuesto a imponer algo de peso y hacer exigencias. Si alguna vez consigue poner su vida en orden, podría llegar lejos en este mundo.

O podría estrellarse y quemarse.

Lo que sería una lástima para esa hermana suya tan mona, que parece preocuparse muchísimo por él.

—No se requiere pago la próxima semana. Puede que me lleve un tiempo liquidar el anillo. Te haré saber lo que consigo por él y qué más necesito de ti. Y sigues sin ser bienvenido en mi mesa.

Asiente con la cabeza.

—Vale. Gracias.

Todavía está esa nota de resentimiento malhumorado en su voz. Supongo que no volverá a mi mesa una vez que haya saldado su deuda. Lo cual, probablemente, sea lo mejor. Aunque voy a echar de menos al Zane conversador carismático, no al Zane gilipollas colocado.

—Me llevaré también la chaqueta. —Estoy siendo un

capullo. Restregándoselo en la cara. Lo que sea. Le dejé escapar fácilmente en comparación con la mayoría.

—¿Qué? No. Esto no vale tanto, y me congelare el culo ahí fuera.

Es cierto. El otoño ha llegado a Chicago y las temperaturas se han desplomado esta semana. Siendo de Rusia, no es nada para mí, pero Zane tendrá frío solo con esa camiseta.

—Quítatela.

—Ahora solo estás siendo un capullo.

Oleg da un paso adelante de manera amenazadora y Zane se estremece.

—Vale, está bien. Quédate con mi chaqueta. —Se la quita y la arroja sobre la mesa—. ¿Algo más que quieras? ¿Mis calzoncillos? ¿Calcetines?

Sonrío con suficiencia y mantengo su mirada sin decir nada.

Niega con la cabeza y comienza a marcharse, luego se da la vuelta.

—¿Cuánto por la chaqueta?

Mi sonrisa se ensancha porque estaba esperando que preguntara. Podría fácilmente decirle que es mía como penalización por retraso, pero en su lugar me encojo de hombros.

—Cincuenta.

Asiente con la cabeza y se va sin decir una palabra más.

—Tío, ¿por qué le estás dando un pase? —pregunta Dima—. Quiero decir, a mí también me caía bien, pero se convirtió en un capullo.

Me encojo de hombros.

—Quizás un poco de redirección lo ponga de nuevo en el camino correcto.

No es que ahora esté interesado porque conocí a su chispeante hermana.

Dima me observa pensativo. Es difícil ocultarle algo a un gemelo.

—Te gusta su hermana —lo suelta como una acusación.

Adrian y Oleg giran a la vez para mirarme fijamente.

Blyad'.

No tiene sentido negarlo. Solo haría que Dima me presionara más.

—No me importaría aceptarla como pago por lo que Zane me debe —admito y luego levanto la mano cuando veo que las fosas nasales de Adrian se dilatan con una respiración brusca—. Si ella estuviera de acuerdo. No tomo mujeres que no quieran.

Pero sé que podría hacer que Chelle Goldberg quisiera. Vi cómo reaccionó ante mí.

Sería tan fácil derretir esa resistencia y conseguir que me lo entregara todo. Especialmente porque haría cualquier cosa para librar a su hermano de mis garras.

Pero no solo quiero una mujer dispuesta a tener sexo.

Que Dios me ayude, me estoy volviendo débil. Un completo blandengue. Porque quiero lo que mis hermanos de la Bratva tienen. Ravil, Maxim, Oleg, Pavel y Dima.

Quiero el pack completo. Quiero amor.

CHELLE

—¿Cuáles son las últimas noticias de Zane?

Shanna, mi mejor amiga, está en mi sofá bebiendo un mimosa. No tenemos mucho tiempo para relajarnos juntas ya que yo trabajo de día y ella de noche. Paso el rato en el Red Room los miércoles cuando ella trabaja en el happy hour en lugar del turno de noche, y aproximadamente una vez al mes, hacemos un brunch dominical en mi casa. Uno de última hora de la tarde ya que ella duerme hasta el mediodía.

El miércoles pasado, le conté toda la saga de encontrar a

Zane golpeado e ir a reunirme con los rusos para hacer un trato.

—Le ofreció su moto a Nikolai el viernes. No he sabido nada desde entonces. Supongo que debería enviarle un mensaje para asegurarme de que sigue vivo —lo digo, pero no hago ningún movimiento para coger mi móvil. Zane tenía razón cuando dijo que no les sirve de nada muerto. Si les llevó su moto, estoy segura de que la aceptaron y él está bien.

—Así que ahora es *Nikolai*, ¿eh? —se burla Shanna, moviendo las cejas—. ¿Estás en términos de nombre de pila con este prestamista ruso?

Mi cara se calienta, pero lo acepto.

—Nikolai, el aterrador pero sexy corredor de apuestas. Y no, me dijo que nunca volviera.

—En cierto modo lo adoro por eso —dice Shanna, apurando su copa y dejándola en mi mesa de café—. Es bastante galante. Como si intentara protegerte.

—No puedes adorar al tipo que golpeó a mi hermano. ¿Necesito mostrarte la foto de su cara otra vez?

—Lo sé, pero eso es lo que lo hace interesante. Por un lado, el tipo está golpeando a Zane, pero por otro, se niega a tomar tu coche y te dice que dejes que Zane fracase por sí mismo.

Pongo los ojos en blanco, aunque albergo una fascinación similar por el comportamiento de Nikolai. Romantizar al chico malo es una estupidez.

—Bueno, no importa porque, con suerte, nunca lo volveré a ver.

—Lo que podría convertirlo en la opción perfecta para una noche.

—Cállate. No tengo rollos de una noche.

—Lo sé. Por eso digo que este tipo de chico es perfecto. Porque nunca en un millón de años saldrías con él. Es sexy.

Te estaba dando esas vibras de estoy-loco-por-ti. Es el tipo de cosa que deberías probar la próxima vez.

Mi estómago se retuerce.

—No me van los mujeriegos. —Aprendí esa lección en el instituto de la manera más dura.

—*Tú* serías la que manda. Solo necesitas dar la vuelta al guion.

Niego con la cabeza.

—Toda esta conversación es irrelevante porque no voy a volver a verlo.

—Bueno, si lo haces, yo digo que lo arrastres a un armario y dejes que ponga sus dedos tatuados por todo tu cuerpo. —Mueve los dedos en el aire.

Me río.

—Eres una payasa.

—Sí. Una payasa que se acuesta con quien quiere cuando quiere.

—Pero no con tu jefe —le devuelvo porque tiene un enorme flechazo con él—. Y, además, trabajas en un bar.

Nunca querría la vida de Shanna. Es decir, siento que debería conseguir un trabajo de verdad y madurar, pero también tengo envidia. Gana más dinero en propinas como camarera que yo en mi trabajo profesional, razón por la que abandonó su carrera de periodismo para servir copas.

—Y tú vienes a dicho bar todos los miércoles. Podrías ligar con un chico en cualquier momento. De hecho, te reto a hacerlo.

—Y yo te reto a contarle a Derek lo que sientes —desafío, refiriéndome a su jefe que no está enterado de su desesperado flechazo.

—Ya hemos hablado de esto. No va a pasar. Me gusta demasiado mi trabajo, y me gusta lo que tenemos. No quiero estropearlo.

—Lo sé, lo sé. Ya lo he oído todo antes.

Recojo nuestras copas de champán vacías para llevarlas a la cocina. Necesito trabajar en la campaña publicitaria para ese anillo de diamantes, así que no puedo emborracharme demasiado. Definitivamente soy de las que se marean con una sola copa.

Shanna me sigue y me ayuda a meter los platos del brunch en el lavavajillas.

—Nos vemos el miércoles. —Cuando terminamos, me da un abrazo.

—Nos vemos entonces. ¡Disfruta del resto de tu día libre!

—Tú también, cielo.

Se va, y yo me dirijo a mi bolso para coger el anillo y estudiarlo de nuevo. Decidí esta mañana que no poder guardarlo en la caja fuerte era en realidad una bendición porque ahora puedo mirarlo mientras hago una lluvia de ideas para anuncios.

Abro mi bolso y busco. No he salido de mi apartamento en todo el fin de semana, así que no me molesté en sacar el anillo el viernes. Debería estar justo aquí...

Muevo la mano por el fondo con más energía cuando no lo encuentro y luego tiro de los lados para abrirlo más.

—Joder —murmuro.

Mi corazón empieza a latir con fuerza. Estoy segura de que está aquí. Tiene que estar justo aquí. Nunca salí, y lo vi cuando estaba sacando mis llaves para entrar el viernes por la noche.

Volteo el bolso y lo vacío completamente.

¿Qué cojones?

No hay caja de anillo.

Eso no puede ser correcto.

Cojo el bolso vacío y busco en cada rincón otra vez, abriendo los pequeños bolsillos con cremallera, aunque sé que no cabría en ellos.

¿Dónde demonios está el anillo? Siento ganas de vomitar.

Mis manos están húmedas, mi cabeza está febril. O tal vez sea por el champán.

—Por favor, por favor, por favor —murmuro mientras busco una vez más entre las cosas de mi bolso sobre la mesa de centro. No hay ningún estuche de anillo.

Miro hacia la puerta de mi apartamento. ¿Podría haber entrado alguien mientras dormía? Pero la mantengo cerrada con llave. No tiene sentido.

Agarro mi cartera y la abro completamente.

Joder.

Mi dinero ha desaparecido.

¿Cómo...? ¿Cuándo...? Jadeo, tapándome la boca con la mano, con el corazón latiendo aún más fuerte.

Zane.

Maldito Zane.

Mis dedos tiemblan mientras cojo mi teléfono para llamarle.

No contesta.

—¡Zane! —grito a su buzón de voz—. ¿Dónde está el anillo? Era de un cliente del trabajo. Van a despedirme. Voy a ir a la cárcel. ¿Qué coño has hecho?

En cuanto cuelgo, le envío lo mismo por mensaje, terminando con palabras que me hacen empezar a llorar. *Si no me llamas en cinco minutos, llamaré a la policía.*

Me llama.

—Chelle. Vale, escucha. Lo siento. Cometí un error. Definitivamente no debería haber cogido ese anillo. Estaba asustado por si volvían a darme una paliza, ¿vale? Y podrían hacerte daño a ti. Intentaba protegerte.

La furia recorre mis venas, explotando desde mi garganta.

—¿Protegerme? —grito—. ¿Protegerme haciendo que me despidan y me metan en la cárcel? ¡Muchísimas gracias, joder!

—Vale, vale, quizás no sea demasiado tarde. Acabo de

llevárselo el viernes. Tal vez aún no lo hayan empeñado. Dijo que podría llevar tiempo.

—Tú... —Mi cerebro repasa un millón de palabras intentando elegir la adecuada—. ¡*Gilipollas*!

—Soy un completo gilipollas. La he cagado, ¿vale? Intentaré llamar a Nikolai.

—Llámame después —ordeno, terminando la llamada.

Camino por la habitación, furiosa. El contenido de mi estómago se revuelve como si hubiera comido anguilas enfadadas.

Cuando Zane no me devuelve la llamada inmediatamente, le llamo otra vez.

—No ha contestado. No creo que sea realmente un número de móvil. Probablemente utilizan una VPN para comunicarse en el juego, para que no se pueda rastrear.

¡Joder!

—Dame el número —digo, por si Nikolai simplemente no quiere contestar una llamada de Zane.

—Te lo enviaré ahora mismo por mensaje —murmura y cuelga.

Lo intento, pero no hay respuesta y no salta al buzón de voz. Vuelvo a llamar a Zane.

—Necesitamos encontrarle. Ahora mismo. No puedo volver al trabajo mañana sin ese anillo.

Zane se queda callado un momento, y luego dice:

—Hay un edificio en Lake Shore Drive. No sé la dirección, pero he oído que en el barrio lo llaman El Kremlin porque solo viven rusos allí. En realidad, no sé si Nikolai vive ahí. Se lo mencioné, y ni lo confirmó ni lo negó. Apuesto a que sí.

—¿Así que se supone que debo encontrar un edificio aleatorio en Lake Shore Drive sin dirección?

—No lo sé, Chelle, eso es todo lo que tengo. ¿Quieres que vaya contigo y preguntemos por ahí?

Tomo una respiración medida y exhalo. Mientras lo hago, en mi cabeza se desarrolla la película de mí contándole a Janette que me llevé el anillo a casa y mi hermano se lo dio a la *mafiya* rusa. Me agarro el estómago. Definitivamente voy a vomitar. La desesperación se arremolina en mi cabeza, caliente y pesada.

—Vale, sí. Será mejor que vayamos allí. —Si esa es la única pista que tenemos, debo seguirla.

—De acuerdo, ¿me recoges?

La idea de estar en el coche con mi hermano me da ganas de gritar. Probablemente le golpearé en la nariz.

Aunque debería ser él quien se patease las calles para resolver esto, no sé si puedo ni mirarle ahora mismo.

—Voy a ir yo sola.

—Ni hablar, Chelle. —Oigo el miedo en la voz de Zane—. No es seguro para ti. Ven a recogerme. O me reuniré contigo allí.

—Sinceramente, ya lo has jodido bastante. Tú ocúpate de conseguir el dinero que les debes, y yo recuperaré el maldito anillo. Te odio en serio ahora mismo. —Termino la llamada y de inmediato me siento culpable por decir que le odio.

Sé por el suicidio de mi padre lo fácilmente que podría perderle. ¿Y si se disparara porque pensó que lo odiaba?

Joder.

Aparto estos pensamientos de mi mente, cojo mi chaqueta y salgo de mi apartamento.

Tengo que encontrar el anillo. Es la única opción. No voy a perder mi trabajo por esto, y no voy a ir a la cárcel.

Dos horas después, encuentro a un dueño de una tienda que conoce El Kremlin y me indica dónde está.

Sin embargo, mientras miro hacia arriba al precioso

edificio de varios millones de dólares, empiezan a surgir dudas.

Esto es una locura. La *mafiya* rusa no operaría desde un edificio de lujo como este, ¿verdad? ¿Podría un juego de póker semanal generar suficientes beneficios para permitirse algo así?

Aunque, por otra parte, Zane les debía decenas de miles de dólares, así que tal vez sí.

En el momento en que entro decididamente, sé que estoy en el lugar correcto.

El guardia de seguridad, o portero, o como se llame al tipo sentado detrás del enorme mostrador curvo de cobre, está cubierto de tatuajes, igual que todos los tipos que vi en la partida de póker. Me lanza una mirada pétrea.

Intento eliminar la desesperación de mi voz.

—Hola, vengo a ver a Nikolai —digo, como si estuviera en la consulta de un médico y tuviera cita.

Él me mira sin comentario alguno.

Mierda. Miro alrededor y veo los ascensores detrás de él.

—Emm... ¿entonces me dejo subir yo misma? —No sé cómo funcionaría eso. ¿Planeo llamar a cada puerta del edificio?

Sí. Maldita sea. Si es necesario, lo haré.

El tipo de seguridad sacude la cabeza.

—No puedes subir. —Su acento es fuerte y definitivamente ruso. No hay duda de que estoy en el lugar correcto.

Quiero soltar algo imprudente como "intenta detenerme", pero una mirada a sus abultados bíceps y su amenazador ceño fruncido me dice que haría más que intentarlo.

Trago saliva.

—Escucha, realmente necesito ver a Nikolai. Es súper importante.

—¿Nikolai quién?

¡Mierda!

—Nikolai, emmm… ¿el que dirige las partidas de póker?

El tipo inmediatamente empieza a negar con la cabeza.

—Tienes que abandonar el edificio.

Lo tomo como una buena señal. Nikolai definitivamente vive aquí, o se habría mostrado confundido.

Me enderezo y cruzo los brazos sobre el pecho.

—No voy a irme del edificio hasta que vea a Nikolai.

El tipo sale de detrás del escritorio.

Oh, mierda. Va a echarme.

Me dejo caer al suelo y me siento con las piernas cruzadas como si fuera una manifestante pacífica de los sesenta.

—Llama a Nikolai. Dile que Chelle está aquí, y que no me voy a ir hasta que hable con él.

El tipo se acerca a grandes zancadas y se cierne sobre mí, con el ceño fruncido como si estuviera cabreado.

—Sal de edificio —espeta, con un marcado acento.

—Necesito ver a Nikolai. Por favor, llámalo.

Se inclina y me agarra por los brazos.

Me niego a descruzar las piernas, convirtiendo mi peso en peso muerto. Aun así, es fuerte. Me levanta del suelo y me sacude para que descruce las piernas.

Cuando sigo negándome, sacude la cabeza y empieza a arrastrarme hacia la puerta.

—¡Espera! —grito cuando me doy cuenta de que una vez que esté fuera no tendré forma de volver a entrar—. Por favor. Haré lo que sea. Es cuestión de vida o muerte. Necesito ver a Nikolai. —Estiro los brazos y envuelvo su cintura con mis piernas como un koala, para que no pueda dejarme fuera cuando lleguemos.

—Por favor. Por favor. Por favor, solo llámalo —suplico —. *Pozhaluysta*. —Incapaz de contenerme, mi voz se quiebra y las lágrimas brotan de mis ojos.

Siempre he odiado a las chicas que lloran para conseguir lo que quieren, pero veo un cambio instantáneo en el tipo.

Deja de caminar. La indecisión se dibuja en su rostro.

—Por favor, por favor, por favor. Por favor, llama a Nikolai por mí. Necesito hablar con él.

—Baja los pies —gruñe.

—¿Lo llamarás?

—Espera aquí.

Libero el agarre estrangulador que mis piernas tienen en su cintura. Gracias, clases de spinning, por fortalecer mis piernas. Me deja en el suelo.

Cuando vuelve al mostrador de recepción, lo sigo. Frunce el ceño mientras coge un teléfono móvil y marca. Habla en ruso, rápidamente y con exasperación. Luego se queda en silencio.

—¿Va a venir? —pregunto.

Niega con la cabeza y levanta un dedo.

Mi corazón late con fuerza contra el esternón.

Parece una eternidad mientras los dos permanecemos en silencio mientras espera una respuesta, luego responde al teléfono y lo vuelve a guardar en su bolsillo.

—Nikolai vendrá.

NIKOLAI

Bajo en el ascensor hasta la planta baja medio empalmado.

Cuando Maykl llamó para decirme que había una pequeña e histérica joven abajo exigiendo verme, supe que era Chelle incluso antes de cambiar a la cámara de seguridad y rebobinar para ver.

Sigue siendo adorablemente feroz. Desplegando sus apenas cincuenta kilos para salirse con la suya.

Sé que está aquí por el anillo o porque algo malo le ha pasado a Zane. Probablemente ambas cosas. Quizás pillaron a Zane robándolo, y ella espera que retiren los cargos devolviéndolo.

Cuando salgo del ascensor, Maykl todavía la está cacheando en busca de armas, lo que por alguna razón me molesta. Quiero que le quite las manos de encima. Ya se le subió encima como si fuera un árbol cuando intentó sacarla del edificio.

—Nikolai —me llama en cuanto me ve, escapando del agarre de Maykl y corriendo hacia mí.

Maykl me hace un gesto con la cabeza para hacerme saber que no va armada.

Ella llega hasta mí y hace contacto, sus palmas extendiéndose sobre mis costillas mientras me mira. El aliento abandona mi pecho cuando me doy cuenta de que tiene las mejillas húmedas.

—Nikolai —dice, de nuevo, sonando sin aliento—. El anillo que Zane te dio, ¿aún lo tienes? —Antes de que tenga la oportunidad de responder, continúa apresuradamente—. Pertenece a un cliente del trabajo. Ni siquiera debía tenerlo, pero no pude abrir la caja fuerte, y yo era la última allí. No quería dejarlo por si el personal de limpieza lo encontraba o algo así, así que me lo llevé a casa. No me di cuenta de que Zane, el cabrón, lo había cogido hasta esta tarde, y tengo que recuperarlo. Quiero decir, *tengo* que recuperarlo. No quiero perder mi trabajo ni ir a la cárcel ni nada de eso. —Sus ojos dorados nadan en lágrimas—. Por favor, dime que aún lo tienes.

Mi cuerpo arde por tenerla contra mí y la necesidad de detener esas lágrimas me pone nervioso.

—Todavía lo tengo.

—Vale. —Toma su primera respiración desde que se lanzó hacia mí—. Vale. Sé que Zane te debe un montón de dinero, y vamos a pagarlo, pero por favor, por favor, por favor —

agarra mi camisa y tira de ella—, te lo estoy suplicando, Nikolai. Por favor, ¿puedo recuperarlo?

Permito que una lenta sonrisa curve mis labios.

—Me gusta cuando suplicas, Chelle.

Más alivio recorre su cuerpo, y se derrite contra mí. Si es solo porque está feliz porque cree que le daré el anillo, o si es su cuerpo respondiendo a mi insinuación, no puedo estar seguro.

—Por favor, haré lo que sea. Seré tu esclava sexual, si eso es lo que te gusta. Te daré mi coche, cada joya que poseo. Solo necesito recuperar ese anillo.

Mi polla se pone más dura.

—Sube conmigo —le digo, desenganchando sus dedos de mi camisa para coger su mano—. Estoy seguro de que podemos llegar a algún acuerdo.

Ella permite la intimidad, quedándose a mi lado mientras caminamos hacia los ascensores. Una vez dentro, suelto su mano, y ella retrocede contra la pared, con las manos detrás de la espalda, su mirada clavada en mi rostro. Está cautelosa pero atenta. Obviamente dispuesta a hacer cualquier cosa que le pida en este momento.

Soy un cabrón por todas las ideas sucias que pasan por mi cabeza. ¿Realmente dijo las palabras *esclava sexual*?

Se veía tan condenadamente linda con un collar y una correa. Le pondría un tapón en el culo y la haría gatear...

Me detengo antes de tener una erección completa.

No lo haría.

Sería un imbécil si me aprovechara de su apuro. Aun así, mi polla no recibe el mensaje y sigue medio erecta, esperando algo de acción.

Meto las manos en los bolsillos y la observo. Lleva unos pantalones de yoga negros y un jersey largo que se amolda perfectamente a sus pequeñas pero proporcionadas tetas. Su pelo oscuro está recogido en la parte superior de su cabeza en un moño despeinado. Sus labios generosos parecen suaves y carnosos. Intento no pensar en cómo se verían estirados alrededor de mi polla.

Ninguno de los dos dice una palabra. No estoy seguro de que mi pequeña esclava sexual esté respirando.

—No acepto sexo como forma de pago —le digo finalmente. No sé por qué la libero tan rápido. Habría sido fácil hacerla sudar unos minutos más. Quizás tenía miedo de que se desmayara por falta de oxígeno.

Asiente con la cabeza, aliviada.

—Bueno saberlo —dice con voz ahogada—. Yo, eh, no suelo ofrecerlo.

Mis labios se curvan.

—Sí, me lo imaginaba. Pero me encanta que hayas pensado eso. Ahora me cuesta no imaginarte en todo tipo de posiciones comprometidas.

Ella se sonroja con un dulce tono rosado, pero se salva de responder gracias al timbre del ascensor.

Las puertas se abren deslizándose, y coloco mi mano en la parte baja de su espalda para guiarla hacia el pasillo.

—Por aquí, *zayka*.

—¿Qué significa *zayka*?

—Conejita.

Dejo que me lance una mirada mientras abro la puerta. Cuando la abro completamente para hacerla pasar, ella se detiene justo dentro y murmura:

—Vaya...

Pensaba que ya había superado la fase de impresionar a las mujeres con las magníficas vistas del lago Michigan que van del suelo al techo, pero aparentemente no, porque me bebo su asombro como si fuera combustible.

—Parece que ser prestamista paga bien, ¿eh?

—Jefe rico. Es el dueño del edificio. Yo solo tengo la suerte de beneficiarme de ello.

—¿Te has mudado hace poco?

—¿Cómo lo sabes?

Ella se encoge de hombros.

—No sé. Todavía parece deshabitado.

Ignoro la incomodidad que serpentea por mi vientre ante su observación. Como si el apartamento fuera una metáfora de mi vida.

—Espera aquí, conejita. —La dejo en mi salón para ir a buscar el anillo a la caja fuerte de mi dormitorio.

—No soy tu conejita —me dice a la espalda mientras salgo.

—¿No? —le respondo desde el dormitorio—. Hace un minuto estabas suplicando ser mi esclava sexual. Creo que eres lo que yo quiera que seas ahora mismo. Tengo todas las cartas, *zayka*, y es una mano imbatible.

—Metáfora de póker —resopla—. Qué apropiado.

Salgo sosteniendo la caja del anillo en alto.

—¿Lo quieres o no?

Ella cede, abriendo las palmas e inclinando la cabeza.

—Feliz de ser tu conejita.

—Así me gusta. —Sonrío con suficiencia mientras me acerco. Me detengo frente a ella, sostengo la pequeña caja de joyería y la muevo de un lado a otro.

Ella la mira fijamente.

—Entonces… ¿a qué acuerdo vamos a llegar?

—Todavía estoy pensando —admito.

Ella vuelve a contener la respiración.

—La penalización por incumplimiento va a la cuenta de Zane porque él es el cabrón que nos jodió a los dos en esto. —Ella empieza a interrumpir, protestando por el aumento en la deuda de Zane, pero hablo por encima de ella—. Pero te daré el anillo a cambio de un beso.

Ella se queda en silencio.

—¿Un beso dónde?

Me río entre dientes.

—En los labios. No soy tan vulgar. —Me doy la vuelta para acomodarme—. Acabas de ponerme duro.

Para mi deleite, sus pupilas se dilatan, como si estuviera emocionada por el beso. Meto la caja de joyería en su bolso porque quiero tener las manos libres para esto, luego le sostengo la nuca y atraigo su rostro hacia el mío. Ella se pone de puntillas, y tengo que inclinarme hacia delante para unir mis labios con los suyos.

Blyad'. Tenía razón. Son suaves y carnosos. Sabe a azúcar moreno o algo dulce... debe ser un bálsamo labial, y me gusta cómo hace que mis labios se deslicen.

Sus manos llegan a mi pecho, descansando ligeramente ahí mientras ella devuelve el beso con timidez.

Lo profundizo, separándole los labios mientras mi otra mano se desliza por su espalda hasta llegar a su trasero. Me aprovecho, apretando su suave carne mientras la hago retroceder.

Ella agarra mi camisa con fuerza mientras la maniobro contra la pared, donde aprisiono su cuerpo más pequeño con el mío. Mi lengua invade su boca al mismo tiempo que acaricio la hendidura de su trasero. El suave material de sus mallas de yoga cede lo suficiente a mi exploración como para sentir cuando sus músculos se contraen.

Le follo la boca con mi lengua mientras pulso mi dedo contra su ano. Mi polla está más dura que el mármol, y le agarro el trasero con ambas manos para levantarla, así puedo frotarla en el hueco entre sus piernas, deleitándome con su calor y la forma en que lo cabalga con sus pies enganchados detrás de mi espalda.

No quiero parar. Quiero besar a esta chica hasta dejarla sin sentido. Dejarla jadeando, sin aliento e incapaz de recordar su propio nombre. Quiero que suplique de nuevo, que ruegue ser mi *zayka*.

Pero el beso fue bajo coerción. Una coerción leve pero posiblemente no deseada.

Puede que me esté correspondiendo, pero realmente no tuvo elección. No si quiere recuperar su anillo.

Así que lo interrumpo.

Ella me mira fijamente, con los labios hinchados y los ojos vidriosos.

Me cuesta todo mi autocontrol no reclamar ese mohín una vez más, salvo que sé que, si lo hiciera, no me detendría con un beso. La levantaría y la llevaría directamente a mi dormitorio, rompiendo todas mis reglas sobre el sexo como moneda de cambio y forzar a las mujeres.

De mala gana, bajo sus caderas, y ella apoya los pies para mantenerse en pie. Cuando retiro mi cuerpo, ella se apoya contra la pared como si sus piernas no funcionaran. Quiero sostenerla, pero no me atrevo a tocarla de nuevo.

Doy un paso atrás e inclino la cabeza hacia un lado en dirección a la puerta.

—Vete.

Una risa brota de sus labios.

—¿O me darás unos azotes?

Parece feliz. Pero claro, ha recuperado su anillo y no ha tenido que hacerme una mamada, así que por supuesto que está feliz. No es que necesitara mi beso. Ni que anhele otro.

Le devuelvo la sonrisa porque ya me cae demasiado bien como para hacerme el duro.

—Exacto.

Sé que la idea la excita, o no lo habría mencionado de nuevo. Por supuesto, vi la reacción de su cuerpo a mis palabras la primera vez.

Camina hacia la puerta y se detiene con la mano en el pomo para mirar atrás.

—Gracias, Nikolai. —Parece sincera.

—Ha sido un placer —digo, lo cual es la verdad.

Ella cruza la puerta y empieza a cerrarla.

—Pero le romperé la nariz a Zane por su jugarreta.

Se queda helada, con los ojos muy abiertos.

—No, por favor, Nikolai...

—No tienes nada que decir en esto —la interrumpo, y su boca se cierra de golpe.

Ahí está. El miedo ha vuelto, como debe ser. Soy el corredor de la Bratva. No puedo dejar ir a todos los que me deben algo con solo un beso.

—Y todavía me debes algo —le digo.

Eso le gusta más. Apoya suavemente su cadera contra el marco de la puerta.

—¿Qué te debo?

Vaya. ¿Sigue ofreciendo sexo?

No importa. No importa si lo ofrece o lo exijo, sigo sin aceptarlo como moneda de cambio. He tenido suficiente sexo sin sentido para toda una vida.

No necesito más.

La próxima vez que lleve a una mujer a mi cama, quiero que sea algo real. Como lo que tienen los demás. O al menos quiero averiguar si soy capaz de tener algo real.

—Un favor. Cuando lo reclame, tendrás que concedérmelo.

Se frota los labios hinchados.

—¿Concederte qué? —Su voz suena ronca.

—Lo que yo exija, Pecas. Así es como funciona.

Probablemente dándose cuenta de que podría referirme a algo más siniestro que un beso, palidece y se incorpora del marco de la puerta.

—Retiro mi agradecimiento, entonces —dice. Es tan jodidamente adorable cuando se pone mordaz—. Ya que esto es solo negocios.

—Fuera —le digo, y ella cierra la puerta de un empujón con un clic.

Me quedo allí un momento todavía mirando la puerta, con una sonrisa jugando en mis labios. Luego saco mi móvil y llamo a Dima.

—¿Qué pasa, *mudak*? —contesta Dima. Parece que está en el coche, probablemente con Natasha, ya que los dos son inseparables.

—Necesito que averigües todo lo que puedas sobre Chelle Goldberg.

—¿La hermana de Zane?

—*Da*.

—Mira quién está acosando cibernéticamente a una mujer ahora.

Antes de que Dima finalmente se permitiera tener a Natasha, el tipo jugó a ser un acosador cibernético en toda regla con ella, observándola entrar y salir de nuestro edificio, rastreando todo lo que estaba disponible digitalmente sobre ella.

—Cállate, o le contaré a tu prometida toda la magnitud de tu rareza. Sé que estoy en altavoz. Hola, Natasha.

—Hola, Nikolai —dice Natasha con una risa—. ¿Cuál es la magnitud completa de la rareza de Dima?

—Olvídalo, no necesitamos llegar a eso —dice Dima—. Entonces, ¿quieres el expediente completo sobre Chelle?

—Lo quiero todo.

—Dame un par de días.

—Lo necesito para mañana. —Termino la llamada mientras Dima me dice que verá qué puede hacer.

Sé que el tipo puede hacer prácticamente cualquier cosa, y no puedo esperar a poner mis manos en ello.

Puede que haya dejado marchar a Chelle, pero eso no significa que haya terminado con ella. De hecho, apenas estoy empezando.

helle

—¿Y bien? ¿Qué tal fue el beso? —exige saber Shanna desde el otro lado de la barra.

Estoy en el Red Room para el happy hour, contándole a Shanna sobre mi visita al Kremlin. Espero con ilusión mis miércoles aquí porque no hay demasiada gente durante el happy hour, y Shanna tiene tiempo para apoyar los codos en la barra y charlar.

Derek, su sexy y despistado jefe, no llega hasta más tarde.

—Caliente. Súper caliente. Fue más que un beso.

—Espera... ¿te lo tiraste? —Shanna baja la voz, aunque probablemente nadie nos pueda oír con el ruido de la música.

—¡No! —protesto demasiado alto—. Solo quiero decir que fue un beso completo con todas las partes del cuerpo involucradas.

Los ojos de Shanna se entrecierran con escepticismo.

—O sea, sexo.

—¡No! —me río, exasperándome. En serio, está tan metida en el sexo casual que no puede comprender por qué yo no lo hago—. Es que sus manos estaban por todas partes, y duró una eternidad.

—¿Y luego qué?

Me encojo de hombros.

—Luego me devolvió el anillo y me fui. —Bueno, técnicamente me echó, pero prefiero reescribir un poco la narrativa.

Un tipo viene a sentarse a mi lado, lo que es molesto porque hay un montón de taburetes vacíos a lo largo de toda la barra, y estoy teniendo una conversación privada con mi mejor amiga.

—Creo que necesitas un buen polvo.

Por el amor de Dios. ¿Tenía Shanna que decirlo tan alto? El tipo a mi lado sonríe e intenta captar mi mirada.

—Creo que necesitas callarte. —No es mi mejor respuesta. Estoy nerviosa por nuestra audiencia.

Shanna se gira y hace contacto visual con él.

—¿Qué te sirvo?

—Grey Goose, solo.

Le echo un vistazo. Es guapo. Más o menos de mi edad. Buena chaqueta de cuero, huele a colonia cara. Obviamente está buscando un ligue.

—Y lo que sea que ella esté tomando. —Señala con el pulgar hacia mí.

—Oh, no hace falta —digo rápidamente. Casi he terminado el primero y más de una copa me deja fuera de combate.

—Está bebiendo un martini sucio porque es una chica sucia —dice Shanna, y en serio quiero matarla.

—Estoy bien —digo, pero Shanna me prepara uno de todos modos.

Quizás solo quiere subirle la cuenta. O está intentando ayudarme en el departamento de los polvos. Echo otro vistazo. Este tipo es guapo, sin duda.

Pero no me van los tíos al azar, y especialmente no me

van los ligones. Ya aprendí la lección con eso, no necesito repetirla. Simplemente no soy una persona que tenga sexo casual.

En fin. Supongo que puedo decirle eso después de disfrutar de la copa que me ha invitado.

Doy un sorbo al martini y me atrevo a mirarlo.

Él acerca su taburete al mío.

Uf. Es guapo. Pero no me provoca absolutamente nada. Tomo otro sorbo de mi martini.

—¿Así que tú y la camarera sois amigas?

No debería reprocharle una entrada tan sosa. ¿Con qué otra cosa podría salir? *¿Así que necesitas un polvo?* O *¿Vienes mucho por aquí?*

—Sí. Fuimos compañeras de habitación en la universidad. Ella era la que tenía sexo ruidoso en la litera de arriba, por si no lo habías adivinado. —Pongo los ojos en blanco.

Ahí está. Le muestro un poco de mi perspectiva puritana. Quizás eso lo asustará.

No parece funcionar. Bebo un poco más de mi cóctel y espero que Shanna regrese pronto del otro extremo de la barra.

¿Quizás debería irme a casa?

Excepto que ahora estoy un poco demasiado achispada para tomar el transporte público sola. Debería sentarme y dejar que se me pase un poco el efecto del alcohol.

O comer algo. Lástima que no sirvan comida aquí.

Saco el palillo cargado con aceitunas de mi bebida y me meto las tres en la boca. El tipo observa mis labios como si fuera lo más sexy que ha visto nunca.

Espero no salpicarle con jugo de aceituna.

—Más aceitunas —le grito a Shanna, que está atendiendo a otra persona.

—Soy Derek. —El tipo me tiende la mano.

—Chelle. —Le estrecho la mano brevemente, pero vuelvo

a girar los hombros hacia la barra, invitando a Shanna a que regrese.

—¿Chelle como Shelly? ¿O es la abreviatura de Michelle?

—Solo Chelle.

—Bueno, solo Chelle, ¿a qué te dedicas?

Quiero pensar en algo realmente creativo, solo para tomarle el pelo, pero mi cerebro está procesando demasiado lento.

—Soy publicista —digo—. Bueno, asistente de publicista, en realidad. Pero espero ser una publicista en toda regla pronto.

El tipo acerca más su taburete.

Maldita sea. ¡No debería haber respondido!

—¿Entonces qué hace una publicista?

—Planificamos estrategias con los clientes sobre su marca, gestionamos plataformas de redes sociales, ese tipo de cosas.

Me quedo mirando hacia la barra, lo que desafortunadamente significa que estoy mirando mi bebida, lo que desafortunadamente significa que me la bebo entera.

Vaya.

La habitación da vueltas. Me quito la chaqueta del trabajo y la cuelgo en el respaldo de mi silla.

Estoy segura de que debería preguntarle a qué se dedica, pero realmente no estoy interesada en llevar esto más lejos. Sé cómo se supone que debe terminar, y como no estoy buscando ese final, es una pérdida de tiempo para ambos. Vine a pasar el rato con Shanna, no a echar un polvo.

¿Dónde demonios está Shanna?

Oh bien, aquí viene. Espera, ¿por qué trae otra ronda?

—Oh, no, no, no. —Empujo el martini hacia el lado más alejado de la barra—. Ya he bebido suficiente. Probablemente debería irme a casa.

Mi aspirante a ligue salta de su taburete.

—Puedo llevarte a casa sana y salva.

Niego con la cabeza y levanto la mano.

—No, no, no, no. Voy a sentarme un rato y luego me iré a casa. —Ahora estoy arrastrando las palabras.

—Bueno, si te vas a quedar, al menos toma unos sorbos de la copa que te he invitado. —El aspirante desliza la bebida de nuevo frente a mí.

Alguien aparece a mi otro lado y una mano retira la copa de nuevo. Los dedos están tatuados, como...

—¡Eh! —Estoy irracionalmente emocionada—. Conozco a alguien con tatuajes como... —Levanto la mirada hacia el hombre a mi lado y las palabras mueren en mi boca—. Oh, *eres tú.*

Nikolai me sonríe con diversión, como si mi versión borracha no fuera completamente molesta.

—Soy yo. Voy a llevarte a casa ahora.

Me giro para mirar al Aspirante, dando una palmada con el dorso de mi mano contra el pecho de Nikolai.

—*Él* me va a llevar a casa.

El Aspirante está cabreado.

—¿Quién es él?

—Es el prest... —mi cerebro me alcanza y rectifico—: es mi novio. Ha venido a recogerme porque he bebido demasiado.

Incluso en mi estado de embriaguez, oleadas de emoción me recorren al darme cuenta de lo que acabo de provocar. Fingir ser la novia de un tipo de la *mafiya* rusa probablemente abre una puerta que debería haber dejado cerrada. ¿De verdad voy a dejar que Nikolai me lleve a casa?

El Aspirante me mira con desprecio.

—Podrías habérmelo dicho antes de comprarte dos copas.

Mi cerebro empieza a elaborar posibles respuestas, como *dije que no quería una copa* o *pagaré la puta copa entonces, gilipo-llas*, pero Nikolai arroja dos billetes de veinte en la barra.

—Ya están pagadas. Ahora date la vuelta y lárgate antes de que te rompa la nariz.

Los ojos del Aspirante se entrecierran, y me doy cuenta con un vuelco de inquietud que Nikolai cumpliría su amenaza sin pestañear.

—No está bromeando —digo rápidamente mientras me bajo del taburete en dirección a Nikolai—. Disculpa la confusión.

—No le pidas disculpas —gruñe Nikolai.

El Aspirante frunce el ceño y sacude la cabeza, luego agarra el dinero de la barra y se marcha, embolsándoselo todo.

—¿Se ha llevado todo? —Agito mi mano en dirección al lugar donde estaban los billetes, incrédula—. Si no le deja a mi amiga la mejor propina, le patearé el culo yo misma. —Me giro en dirección a Nikolai, cuyos labios se curvan hacia arriba.

Él envuelve mi nuca con sus dedos tatuados.

—¿Lista para irnos?

—Espera, espera, espera. Solo *para*. —Noto lo exagerado que es mi discurso, pero no puedo modularlo—. ¿Qué estás haciendo aquí? —Entrecierro los ojos mirando a mi sexy rescatador.

Él se encoge de hombros.

—Vine a tomar una copa. Vi a ese tipo molestándote y pensé que debía intervenir.

Arrugo la nariz e inclino la cabeza hacia un lado. Estoy demasiado achispada para descifrar qué hay de raro en su explicación, pero afortunadamente Shanna finalmente reaparece para ayudarme.

Nikolai

Gospodi, quería moler a golpes a ese *mudak* que estaba intentando ligar con Chelle.

Dima me dio su informe completo sobre la hermana mayor de Zane hace un par de días, y una de las cosas que había señalado eran sus cargos habituales en este bar todos los miércoles por la noche. Vine esta noche solo para ver con quién tenía una cita fija y, entonces, me sorprendió verla sola.

Ahora, mientras la camarera me examina minuciosamente, lo entiendo. Chelle dijo que la camarera era su amiga. Es con quien viene a pasar el rato los miércoles. Al menos, espero que esa sea la explicación.

Desde luego no era ese cabrón comprándole demasiadas copas cuando claramente no puede manejarlas.

—Eh, ¿qué haces con mi amiga? —exige la camarera.

Le dirijo una mirada fría.

—La llevo a casa. Obviamente ha bebido demasiado, algo que tú podrías haber evitado.

Las comisuras de sus labios se elevan como si la hubiera pillado.

—Estaba intentando que mi amiga echara un polvo. Parecía bastante majo.

—¡*Shanna*! Cállate. Ya —grita Chelle desde el otro lado de la barra.

—Tienes una idea jodidamente retorcida de lo que es ser majo. Para mí, emborrachar a una mujer para que no pueda negarse es lo mismo que forzarla.

La camarera continúa sonriendo con suficiencia, como si la seguridad de su amiga fuera una broma.

—¿Debes de ser Nikolai?

Algo se mueve en mi pecho.

¿Chelle estaba hablando de mí? ¿Con su amiga?

No debería sentirme tan satisfecho por eso, pero lo estoy.

—Sí —responde Chelle por mí, poniendo la mano en mi

pecho y dejándola ahí—. Este es el famoso Nikolai. —Me da palmaditas, y tengo que resistir el impulso de atrapar sus dedos y besarlos—. Apaleador de Hermanos.

—Ajá. Así que creo que no tienes mucho margen para juzgarme. —La amiga de Chelle cruza los brazos y levanta las cejas—. Apaleador de Hermanos.

—Una discusión para otro momento, quizás. —Giro a Chelle para que mire hacia la puerta—. ¿Te debe algo?

—No. ¡Divertíos! —Hay un tono alegre en su voz que insinúa que estoy a punto de hacer lo mismo que ese *mudak* esperaba hacer con Chelle, y me irrita.

Pero entonces Chelle engancha su brazo con el mío, usándome para mantener el equilibrio mientras zigzaguea entre las mesas hacia la puerta, y me olvido de todo.

Quizás no estoy cabreado porque ese imbécil la emborrachara, ya que me dio esta oportunidad de verla con la guardia baja. Descubrir qué hay bajo la superficie de la personalidad ardiente de Chelle.

La guío hasta donde aparqué en paralelo mi nuevo Tesla S y abro la puerta del copiloto.

—¡Dios mío, tienes un Tesla! —Se emociona mientras sube—. ¡Me encantan los Tesla! Quiero uno hace siglos. ¿Dónde lo cargas?

—En el garaje de mi edificio —digo antes de cerrar la puerta.

Es una borracha divertida, sin duda. Aunque me encanta la mujer con actitud, me gusta aún más esta versión amistosa. Especialmente porque sé que normalmente la mantiene a raya.

—Siento que mi amiga dijera que intentaba conseguirme un polvo —balbucea cuando me siento tras el volante y me incorporo al tráfico—. Es ridícula. Quiero decir, completamente ridícula. Sabe que no practico sexo casual, pero trabaja en un bar, así que es básicamente todo lo que ve o hace. Parece pensar que solucionaría todo para mí.

—¿Qué necesita solución? —pregunto.

—Bueno... —Hace una pausa y me mira, con los labios entreabiertos. Luego sacude la cabeza rápidamente—. Mmm, nada. Nada en absoluto. Esa es la cuestión. No necesito arreglo. —Extiende la palma como una señal de que me detenga —. Y definitivamente no salgo con mujeriegos.

—¿Quién te refieres?

—*A quién* —corrige y luego hace una mueca—. Lo siento. Lo siento muchísimo. No debería corregir tu español. Soy una imbécil.

—¿Por qué no? Yo corregiría tu ruso. Está bien. *¿A quién* te refieres? ¿A mí?

—Oh, Dios —gime y se cubre con una mano la mitad de la cara que está más cerca de mí.

—¿Crees que soy un mujeriego, Chelle?

—Pues, obviamente.

No puedo decidir por qué me irrita eso.

—¿Por qué lo piensas?

Ella retira la mano y me mira de arriba abajo.

—Por cómo te vistes, tus insinuaciones, la... cosa que me dijiste.

No puedo resistir esbozar media sonrisa.

—No soy un mujeriego —le digo, aunque es mentira. Toda mi historia de relaciones ha sido una serie de aventuras de una noche.

Ella no se lo traga. Su mirada sería fulminante si estuviera sobria, pero borracha, es simplemente adorable.

—Eres totalmente un mujeriego. ¿Cuántas novias serias has tenido? —exige saber.

Aprieto los labios y mantengo la mirada en la carretera.

—¡Ajá! Ninguna, ¿verdad?

—Mi profesión no se ha prestado a relaciones. Estaban prohibidas.

Incluso borracha, Chelle es lo suficientemente lista para captar el tiempo verbal que usé.

—*¿Estaban?*

Me encojo de hombros.

—Había reglas en contra. Reglas con consecuencias mortales. Pero mi jefe las ha suavizado.

—¿Tu jefe con el edificio elegante?

—Exacto. —Paso de largo su apartamento y encuentro un sitio para aparcar a media manzana.

Ella mira a su alrededor animadamente mientras dejo que el Tesla haga el aparcamiento en paralelo.

—Espera, ¿cómo sabías dónde vivía?

—He estado aquí antes, Pecas. Para conseguir el título del coche de Zane.

—Ah, sí. —Me lanza una mirada que no puedo descifrar y luego abre su puerta de golpe.

Abro la mía y salgo también. No planeo entrar, pero sería un capullo si no me asegurara de que llega a su apartamento sana y salva. Todavía está borracha.

La acompaño escaleras arriba y le cojo las llaves para abrir la puerta.

—*Spokoynoy nochi* —digo.

—¿Qué significa eso?

—Buenas noches.

Se detiene y se gira, luego me sorprende al alargar la mano y agarrar mi camisa con el puño. Tira suavemente.

Al principio no me muevo, pero por mucho que no quiera aprovecharme de ella ahora mismo, tampoco quiero irme.

Es demasiado cautivadora.

—Deberías entrar. —Sus palabras salen atropelladamente, una encima de la otra.

—Estoy dentro —concedo, dejando que me meta y cierre la puerta.

Se quita la chaqueta y la cuelga en un gancho. Luego me quita la mía.

—No voy a acostarme contigo, *zayka*.

Ella saca mi camisa de los pantalones y desliza sus manos por debajo, sus palmas haciendo contacto con mi piel. Un suspiro entrecortado se me escapa cuando acaricia mis abdominales.

—¿No? —No está haciendo pucheros. Hay más confusión en su expresión.

—No, Pecas. Has bebido demasiado. No voy a aprovecharme.

—¿Por favor? Sí necesito sexo. Shanna tenía razón en eso. Y aunque normalmente no me lío con mujeriegos, creo que esta vez podría ayudarme a sacármelo del sistema. Solo esta vez, ¿sabes?

Mi determinación se fortalece. Definitivamente no voy a ser su chico de "solo esta vez".

Aun así, tengo la polla dura porque sus manos siguen acariciándome por dentro de la camisa. Me río y atrapo su mano cuando me pellizca el pezón.

—Me estás poniendo muy difícil ser un caballero.

—A la mierda lo de ser caballero. Necesito algo de acción. ¿Por favor? ¿Qué hay de esa azotaina que querías darme?

Me río porque sabía que esa amenaza le había picado.

—¿Necesitas una azotaina, Chelle? —Saco sus manos de mi camisa y se las sujeto tras la espalda. Su cara se ilumina mientras la hago retroceder hacia el sofá.

—¿Mmm? Respóndeme, conejita. ¿Quieres que te dé unas palmadas en ese culito tan mono?

—Eh… algo así —admite. Tiene la cara sonrojada, pero sus ojos brillan de placer.

Me siento en el sofá y la coloco sobre mi regazo con el

torso en el sofá y las piernas extendidas hacia el suelo. Le doy una palmada en el culo para ver cómo reacciona.

Ella grita y patalea, luego menea el trasero pidiendo más. Lleva una falda de tubo como si hubiera ido al bar directamente desde el trabajo, y se la sube. Mi polla reacciona cuando veo lo que hay debajo. No son pantis completas, sino del tipo que llegan hasta el muslo con encaje alrededor de la parte superior que parece un liguero. Las medias son negras, y sus bragas también. Sus tacones negros bajos completan el look de porno artístico.

—Ay, *zayka*, estás tan sexy con esto. —Le agarro el culo con la palma y aprieto, y ella mueve las caderas sobre mi regazo. Le doy otra palmada fuerte en el trasero, y ella se sacude, luego vuelve a mover las caderas—. Tienes el culito más adorable que jamás he tenido el placer de azotar.

Acaricio ligeramente entre sus piernas por encima de las bragas, y ella se restriega contra mi regazo.

—Vale, ¿lista para tu azotaina?

Me mira por encima del hombro con curiosidad, y le dirijo una sonrisa maliciosa mientras le sujeto las muñecas en la parte baja de su espalda con una mano y empiezo a azotarla en serio con la otra.

—¡Ay! —Patalea con sus bonitos zapatos, y yo aprieto mi pierna sobre las suyas para mantenerlas quietas.

—Tú lo pediste —le recuerdo mientras sigo azotando con un ritmo constante, calentando todo su trasero.

Hace los ruidos más adorables: chillidos y suspiros que me hacen querer ponerla a cuatro patas y embestirla hasta que ambos veamos estrellas.

Pero no lo haré.

Al menos no esta noche.

Lo que significa que voy a descargar mi lujuria en su sexy y retorcido trasero. Continúo azotándola hasta que sus gritos parecen sin aliento y empieza a jadear mi nombre.

Me detengo y le libero las piernas para poder bajarle las bragas de satén.

Ella mueve las caderas otra vez.

—No más —gimotea.

Acaricio entre sus piernas.

—¿No más, conejita? ¿Qué tal esto? ¿Quieres más de esto?

—Sí, oh por favor —llora, con sus caderas moviéndose por mi contacto.

Encuentro su clítoris y lo acaricio antes de deslizarme hasta su entrada para recoger sus jugos.

—Oh, *Dios mío*. —Suena sorprendida de un modo positivo, lo cual me encanta.

Froto con más firmeza, subiendo en círculos hacia su clítoris, y luego introduzco mi dedo índice en su estrecha entrada. Ella aprieta alrededor de mi dedo, lo que hace que mi miembro presione furiosamente contra mi cremallera.

Libero sus muñecas para poder usar el pulgar de mi otra mano y explorar la hendidura entre sus nalgas enrojecidas. Cuando encuentro el apretado botón de su ano, ella aprieta las nalgas. Le doy una ligera palmada.

—¿Quieres que me ocupe de este dolor, Chelle? —Acaricio su clítoris con un movimiento lento y constante.

—Sí —gimotea.

—Entonces sé una buena chica y déjame follarte el culo con el dedo también. Hará que sea mucho mejor, te lo prometo.

Se queda quieta, como si estuviera escuchando atentamente, o tal vez pensando, porque después de un momento separa más las piernas y relaja los músculos de sus nalgas.

Dejo caer un poco de saliva entre sus nalgas para usar como lubricante y presiono mi pulgar contra su ano hasta que lo relaja y cede. Tan pronto como estoy dentro, la recompenso con embestidas rápidas y profundas en su coño, usando dos dedos hacia abajo para frotar su punto G.

Ella se ahoga con un grito, levantando un pie en una bonita pose.

—¡Oh! ¡Nikolai! —exclama.

Muevo mi pulgar dentro de su culo mientras sigo follándola con los dedos en su estrecho canal.

—¡Dios mío, esto es una locura! No puedo... necesito... ¡oh!

Se corre, su ano y su coño apretándose alrededor de mis dedos en hermosas oleadas pulsantes.

Espero hasta que terminan, luego doy unas cuantas embestidas más lentas para exprimir las réplicas.

—Ohhhh —gime.

Saco los dedos suavemente y me inclino para besar su nalga rosada.

—¿Te gustó tu azotaina?

—Dios mío —jadea.

—¿Eso es un *sí*? —Le subo las bragas y desabrocho su falda para que caiga cuando la ayudo a ponerse de pie.

Sus ojos dorados están desenfocados, y sus ondas castañas son un halo desordenado alrededor de su rostro sonrojado. Asiente, pero parece incapaz de hablar.

Estoy absurdamente complacido conmigo mismo por haberle hecho esto.

—Vamos a llevarte a la cama. —Son apenas las nueve, pero probablemente podría desplomarse ahora y dormir la mona. Me levanto del sofá y le doy otra palmada en su lindo trasero—. Ve a lavarte los dientes, y te traeré un vaso de agua. Definitivamente deberías rehidratarte.

—Mmm...

Me lavo las manos en la cocina, luego cojo un vaso de agua y encuentro ibuprofeno en uno de los armarios. Cuando regreso, ya está tumbada boca abajo en su cama. La ayudo a meterse bajo las sábanas y dejo el agua y el ibuprofeno a su lado.

—Buenas noches, conejita. —Le doy un beso en la frente antes de apagar la luz y cerrar la puerta de su dormitorio.

En la cocina, uso un bloc de notas y un bolígrafo para garabatear un mensaje antes de irme.

Mientras salgo, la imagen de ella despeinada y satisfecha permanece frente a mis ojos. Debería desterrarla, pero no lo hago.

Es una imagen que no olvidaré pronto.

Especialmente porque dudo que vuelva a verla. Puede que no me haya follado a Chelle, pero aun así fui demasiado lejos. No debería haberme tomado ninguna libertad con ella. No cuando sé con total certeza que se arrepentirá de todo lo que hicimos por la mañana.

No tendré una repetición de esta noche. A menos que la emborrachara de nuevo, cosa que nunca haría.

Necesito olvidar a esta mujer porque, aunque compartamos una atracción, ella nunca va a superar su prejuicio hacia mí.

Soy el tipo que golpeó a su hermano.

Estoy en la Bratva.

Y soy un mujeriego, según ella.

Una mujer como Chelle nunca bajaría sus estándares para salir con un matón como yo.

CAPÍTULO 6

helle

Oh Dios. Mi cabeza.

Mi alarma suena demasiado temprano, enviando ondas de choque a través de mi sistema que me hacen incorporarme con un jadeo.

Veo un vaso de agua y un ibuprofeno en mi mesita de noche, y todo vuelve a mi mente de golpe.

El tipo comprándome demasiadas copas en el bar.

Nikolai apareciendo para rescatarme. Espera... ¿cómo ocurrió eso? Parece demasiada casualidad, ¿no?

—Oh Dios —murmuro cuando recuerdo el glorioso y horrible resto de la noche. Me llevo la mano hacia atrás y me agarro el trasero mientras voy a la ducha.

Está un poco dolorido, pero de una buena manera. Lo que hicimos, bueno, lo que él hizo porque yo fui más receptora que participante, fue increíblemente excitante. Nunca he hecho nada remotamente pervertido en mi vida, y ahora que lo he experimentado, estoy bastante segura de que es lo mío.

Pero...ay, Dios mío. ¿Con Nikolai? ¿En qué estaba

pensando? Es un matón y un mujeriego. Estoy tan avergonzada. Mi cerebro rebobina, tratando de recordar todas las cosas que dije anoche. Cuánto revelé. Recuerdo que le llamé mujeriego. ¿De verdad le supliqué que me azotara?

¡Qué vergüenza, qué vergüenza, qué vergüenza!

Es peor que un perfecto desconocido sacado de un bar. Es de la *mafiya* rusa. Un gánster al que mi hermano le debe treinta mil dólares. ¿Y si lo de anoche fue su manera de demostrarnos a Zane y a mí quién manda aquí?

Pero no, eso no encaja. Fue respetuoso. Se negó a acostarse conmigo, aunque yo se lo estaba suplicando. Y dejó el vaso de agua y el ibuprofeno.

Trato de ignorar los cálidos aleteos en mi pecho que producen los recuerdos. No voy a enamorarme de este tipo. No podría cometer un error mayor.

Me ducho y me visto rápidamente para ir a trabajar. En la cocina, le digo a mi Echo que ponga una mezcla acústica matutina y saco un yogur del frigorífico. Me lo como mientras me preparo una taza de té caliente, luego me siento y reviso los correos electrónicos del trabajo en mi móvil mientras lo tomo.

Cantando junto a la canción que suena, me levanto para lavar la cuchara y la taza. Es entonces cuando veo la nota. Mi estómago da un vuelco.

Escrito en nítidas letras cuadradas, hay un mensaje centrado en medio del papel.

Chelle Goldberg, eres adorable. Piensa en mí cuando te sientes hoy. -N

Debajo hay un número de teléfono escrito cuidadosamente.

Mi cara se sonroja mientras agarro la nota. La arrugo, necesitando destruir cualquier evidencia de mi comportamiento fuera de lo normal de anoche. Pero cuando levanto la mano para tirarla a la basura, algo me detiene.

No.

No debería guardar su número.

Pero ¿y si lo necesito? Por ejemplo, para Zane, no para mí. No lo guardaría para mí. Definitivamente nunca le llamaría para repetir lo que hicimos anoche.

Aliso la nota y le hago una foto con mi teléfono. Ya está. Ahora puedo tirarla. La tiro a la basura y termino de prepararme para ir a trabajar.

Y entonces, porque estoy loca, vuelvo y saco la maldita nota de la basura otra vez y la meto en mi bolso.

Nikolai

Me recuesto en mi silla, cruzo los brazos sobre el pecho y sonrío con suficiencia.

Dima ha hackeado la transmisión a través del dispositivo Echo de Chelle, así que puedo verla en su cocina. Es una violación total de su privacidad, pero me importa una mierda.

El paquete completo de ciberacoso de Dima me dijo que Chelle mantiene un horario bastante estructurado y predecible. Trabajo. Entrenamientos en un gimnasio de spinning cuatro días a la semana, el happy hour de los miércoles, y poco más. Ahora que he determinado que no hay un hombre con el que se reúna en el Red Room, puedo decidir qué hacer con mi interés recién descubierto.

Y no, no me siento ni lo más mínimo culpable por espiarla. Mi hermano gemelo espía a cualquiera y a todos los que le place, así que para mí se siente más como un derecho que como un delito. Además, valió la pena ver su reacción a mi nota.

Como esperaba, está avergonzada. Vi el rubor de su cara cuando la leyó y cómo la arrugo enseguida. Pero la guardó.

No sé si me llamará.

Ni siquiera estoy seguro de querer que lo haga. Estoy buscando algo real, y ella no es alguien que pudiera aceptar quién y qué soy en su vida. Estoy seguro de que gran parte de mi atractivo es lo del chico malo y peligroso.

Sin embargo, tampoco me hubiera imaginado que Ravil tuviera la más mínima posibilidad de convencer a Lucy, la mejor abogada defensora de la ciudad, para que se quedara con él, pero lo ha hecho. Claro que tampoco le dio muchas opciones.

La idea de doblegar a Chelle a mi voluntad de la misma manera tiene su atractivo. Haría cualquier cosa para salvar a su hermano, eso lo sé.

Pero he pasado toda mi vida adulta usando puntos de presión o violencia para doblegar a la gente a mi voluntad. No quiero eso también en el dormitorio.

Mi teléfono vibra con un mensaje de Ravil, así que cierro mi portátil y me dirijo arriba para atender su llamada.

Todo el círculo interno está en su oficina: Oleg, Maxim, Adrian, yo. Dima está en videoconferencia.

Ravil se recuesta y entrelaza las manos detrás de su cabeza.

—Lucy acaba de rechazar representar a un miembro de un club de moteros llamado Devil Dawgs. Lo detuvieron por cargos de drogas, pero la policía lo estaba investigando también por sospecha de tráfico de personas.

El cuerpo de Adrian se sacude y su labio superior se curva.

Sé que a Ravil solo le importa este asunto porque, de lo contrario, Adrian se involucraría por su cuenta y se metería en problemas otra vez. Casi fue a juicio el año pasado por incendio provocado cuando quemó la fábrica de Leon Poval como represalia por lo que le hicieron a su hermana.

—Están liderados por alguien que se hace llamar Víbora.

No hay una conexión clara con Poval, pero creo que deberíamos averiguarlo con seguridad, ¿no?

—¿Lucy te dio el nombre de su posible cliente? Puedo investigar por ahí —ofrece Dima.

—Te lo conseguiré. Pero quiero que vosotros salgáis y preguntéis por ahí.

—Van a pensar que queremos participar —advierte Maxim.

—Que lo piensen —dice Ravil—. No me importa tener una excusa para aplastar cucarachas.

Maxim asiente.

—Muy bien. Iremos en parejas. Nikolai con Oleg. Yo iré con Adrian. Pedid comprar algo pequeño para abrir camino.

—Bien —asiente Ravil—. Informad de cualquier cosa que encontréis.

Oleg y yo salimos y recogemos armas y dinero antes de tomar el ascensor hasta el aparcamiento.

No me molesta la misión. Es peligrosa, pero Oleg y yo podemos defendernos. Cuando Dima y yo nos unimos a la Bratva por primera vez, si nuestro *pakhan* daba una orden, nos apresurábamos a cumplirla solo para evitar que nos rajaran el cuello.

Después de ser puestos bajo el mando de Ravil, funcionábamos más por el deseo de complacer a nuestro jefe. Lo que fuera que pedía, lo entregábamos con la intención de impresionarle.

Convertí mi papel como corredor de apuestas de la Bratva en un propósito de vida. Dirigir las partidas de póker es un placer para mí. Me gusta mi papel de anfitrión. No me importa la sangre y la violencia de cobrar mis deudas.

Me encanta manejar el dinero. Además de las partidas de póker, gestiono apuestas deportivas y asuntos generales de prestamista.

Ravil también concede microcréditos a los inquilinos

rusos de su edificio. Préstamos para iniciar sus negocios y cosas así. Si no pagan, no les rompo la nariz ni les quiebro los dedos. Maxim, Ravil y yo entramos a examinar sus negocios y hacemos cambios para llevarlos a la rentabilidad. ¿Tienen elección con esos cambios? Joder, no. Siguen siendo nuestros. Pero no usamos la violencia.

¿Alguien intenta engañar a Ravil?

No. Nadie lo ha intentado todavía. Todo el mundo suele estar tan agradecido que serían capaces de ponerle su nombre a sus primogénitos.

Esta mierda callejera no es lo que más me gusta. En el pasado, el peligro y la necesidad de complacer a Ravil serían suficientes para evitar que me quejara, pero cuanto más nos alejamos de la calle, menos atractivo tiene. Hoy, salir a comprar drogas y conseguir información sobre trata de personas se siente como una patada en los huevos.

Tiene algo que ver con Chelle Goldberg, aunque no estoy seguro de qué. Ya sabía que ella no saldría con un tipo como yo, incluso si solo conociera mis mejores cualidades.

Supongo que este trabajo se siente como una confirmación de lo que ella ya cree de mí, aunque solo lo estemos haciendo como trabajo detectivesco para encontrar a Leon Poval. Ella piensa que soy un matón que ha influido negativamente en su hermano. Comprar drogas en la calle no le parecería bien. Confirmaría su creencia de que no soy alguien cuya vida debería cruzarse con la suya.

Oleg y yo hacemos algunas visitas antes de conseguir el nombre de un camello que se hace llamar Cascabel. Imagino que un nombre de serpiente probablemente lleve a otro. Nos reunimos con él detrás de una gasolinera con tienda. Va vestido con un chaleco de cuero y tiene una barba larga y sin recortar. Supongo que su organización es un club de moteros. Obviamente, una operación muy elegante.

—He oído que trabajas para la Víbora —dejo caer casualmente mientras le entrego mil quinientos dólares por veinte gramos de coca. Es un desperdicio de dinero porque tiraré esta mierda por el retrete. Ravil no permite ninguna droga en el Kremlin, no es que yo tuviera afición por ello.

El tipo tiene tatuajes de serpientes subiendo por su cuello hasta un lado de la cara. Me mira fijamente durante un minuto con expresión completamente vacía y luego tranquilamente alcanza su pistola.

Me obligo a no estremecerme. Nunca he tenido deseos de morir. No como Dima en sus años temerarios cuando quería morir. Pero tampoco desperdicio energía en el miedo.

Sin embargo, después de recibir un disparo el verano pasado, es difícil no recordar la fragilidad de este cuerpo. Pero también aprendí su resistencia. Sé que no hay forma de que Oleg me deje recibir otro disparo porque se culpó a sí mismo por lo que pasó la última vez. Está lo suficientemente cerca de este *mudak* como para desarmarlo y dispararle en la cabeza antes de que el tipo pueda parpadear.

—¿Eres policía? —pregunta el tipo, apuntando el arma a mi cabeza. Su pregunta reduce significativamente mi opinión sobre él. Si eso es todo lo que le preocupa, no tiene idea de lo peligroso que realmente soy para él y su organización.

—No soy policía —digo con suavidad—. Me interesan algunos de los negocios de tu jefe. Me gustaría comprar su otro producto.

Cascabel me mira fijamente durante otro minuto, y me pregunto si de ahí viene su apodo. Su mirada *es* muy reptiliana.

—¿Quién eres? —dice por fin.

—Nikolai Novikov.

—¿Eres ruso?

—Obviamente.

—¿*Mafiya* rusa?

Inclino la cabeza afirmativamente.

Reparte una mirada entre Oleg y yo, y luego guarda su pistola.

—¿Quieres coño?

—Queremos comprar. No alquilar. —Evito mostrar el asco en mi cara.

—¿Cuántas?

Me encojo de hombros.

—Tantas como estés dispuesto a vender.

—¿Tienes un número?

Saco una tarjeta y se la entrego. Es una sencilla con solo mi nombre y un número VPN que Dima configuró y que no se puede rastrear. Mi apellido tampoco es real. Lo elegí cuando nos unimos a la Bratva y tuvimos que crear nuevas identidades. Me gustaba cómo sonaba Novikov con mi nombre.

Dima piensa que es completamente ridículo tener tarjetas en estos tiempos con teléfonos móviles y datos digitales, pero parte de mi trabajo implica socializar. Tengo que conseguir que la gente apueste conmigo y que vuelva una y otra vez. Tener una tarjeta para entregar resulta útil a veces.

Cascabel toma mi tarjeta y se la guarda en el bolsillo.

—Se la daré al jefe. No sé si está vendiendo, pero podría ser.

—¿Es él... el propietario original?

Cascabel empuja su labio inferior hacia fuera y sacude la cabeza.

—Nah. Un tipo se deshizo de ellas hace unos meses. Las soltó muy baratas, pero son un dolor de cabeza.

—¿Estadounidense?

Cascabel entrecierra los ojos.

—¿Por qué preguntas?

Mi piel se eriza. Si fuera estadounidense, seguro Cascabel

lo habría dicho sin más. Poval es ucraniano. El traficante de esclavas podría haber sido uno de sus hombres que se quedó atrás después de que Adrian incendiara la fábrica de sofás y Poval desapareciera.

—Solo curiosidad. Agradezco el contacto. Y la coca. — Levanto la bolsa de cocaína.

Me lanza de nuevo esa extraña mirada fija y luego asiente.

—*Do svidaniya.* — Levanta la mano en señal de despedida mientras se aleja.

Un escalofrío me recorre. Quizás sabe ruso porque de allí provienen las esclavas sexuales. Tal vez esto realmente sea un vínculo con Leon Poval y su red de trata con chicas rusas como Nadia, la hermana de Adrian.

No sé si Ravil le contará a Adrian lo que hemos descubierto o no. Tiene tendencia a actuar por su cuenta, y aunque ha aprendido mucho de nosotros en el año que lleva con la célula, sigue siendo joven. Lo capturaron cuando incendió la fábrica de sofás de Leon después de encontrar y rescatar a su hermana de sus profundidades.

Oleg espera hasta que Cascabel se ha alejado antes de emitir un gruñido feroz desde su garganta.

—De acuerdo —murmuro—. Creo que podemos haber encontrado el rastro que lleva a Poval. No le digas nada a Adrian hasta que el *pakhan* nos dé instrucciones.

Oleg frunce el ceño y hace señas: *Yo no hablo.*

—Bueno, hablas más que antes. —Le doy una palmada en la espalda.

❧

Nikolai

Un día después, Oleg, Adrian y yo pillamos a Zane fuera de una de sus clases. Sí, tengo su horario completo porque conseguirlo fue pan comido para Dima.

En cuanto nos ve, empieza a correr en dirección contraria.

—No me hagas perseguirte. —Ni siquiera elevo la voz.

Zane reduce la velocidad y luego se detiene, manteniéndose de espaldas a mí. Lo rodeamos, y Oleg deja caer una mano enorme sobre su hombro.

—Llevadlo al aparcamiento —digo en ruso para que Zane no entienda.

Oleg maniobra a Zane hacia una esquina del aparcamiento de hormigón de varias plantas donde lo gira para que me mire.

—¿Sabes por qué estoy aquí?

Zane palidece, su piel tornándose verdosa alrededor de la boca como si fuera a vomitar. Sus hombros caen.

—El anillo.

—*Da.* El anillo.

—Te haré otro pago.

—Sé que lo harás —digo con suavidad—. Esta visita no es por lo que debes. —Le doy un puñetazo en la nariz, oyendo el chasquido cuando se dobla hacia un lado.

Se inclina hacia delante, agarrándosela.

—Eso ha sido por enviar a tu hermana a mi casa.

La sangre comienza a gotear sobre sus zapatos. Oleg levanta su torso con una sola mano en el hombro. Le doy un puñetazo en el estómago.

—Y eso ha sido por hacerla llorar.

Se tambalea hacia atrás contra Oleg. Le hago un gesto a Oleg para que lo enderece de nuevo, y cuando lo hace, me acerco. Se estremece cuando alcanzo su cara y coloco mis pulgares a ambos lados de su nariz. Con otro chasquido, le enderezo la fractura.

—Espabila, *mudak.* Tu hermana no merece cargar con tus mierdas.

Zane balbucea y abre la boca como si fuera a responder, pero cuando levanto las cejas, la cierra de nuevo.

Inclino la cabeza, lo que Oleg interpreta correctamente como *suéltalo*.

—Nos vemos el viernes —digo mientras nos alejamos.

Creo oír a Zane murmurar *que te jodan* mientras nos vamos, pero lo dejo pasar.

CAPÍTULO 7

helle
    Janette ha estado toda la tarde en la sala de conferencias con los potenciales clientes: las estrellas del skateboard del grupo Skate 32.

Pensé que serían más jóvenes por alguna razón. Supongo que porque ella los describió así. Pero son más del tipo Peter Pan, de los que *no quieren crecer.* Tienen casi treinta, pero siguen vistiendo y actuando como si tuvieran dieciséis. No vi señales de profesionalidad o sentido comercial cuando les llevé bebidas y aperitivos.

Pero supongo que por eso nos necesitan.

Son casi las cinco cuando Janette aparece en mi escritorio. Parece pálida y sudorosa, lo que me hace ponerme de pie para recibirla, preocupada de que algo haya salido mal.

—Dios mío, creo que comí algo en mal estado —dice—. Acabo de vomitar todo en el baño, perdona por el exceso de información. Escucha, necesito irme a casa. No puedo salir con estos chicos esta noche.

—Oh, seguro que lo entenderán —digo rápidamente—. Les haré saber que has tenido que cancelar.

—No —dice bruscamente, claramente molesta conmigo
—. Necesitamos que firmen. Tienes que salir con ellos. Enséñales la ciudad, usa esa lista que me hiciste.

—Oh, eh... sí. Vale.

—Pero lleva una cita. Estos chicos parecen un poco salidos. No me siento cómoda enviándote sola con ellos.

¿Una cita? Miro alrededor de la oficina frenéticamente, pero como siempre, soy la única que sigue aquí un viernes por la noche.

—Lleva a un chico. Di que es tu novio. Quiero decir, no creo que sean peligrosos, pero no quiero que las cosas sean incómodas para ti, ¿de acuerdo?

Uf. Quizás Zane quiera acompañarme. ¿O sabrían que no es mi novio porque nos parecemos demasiado?

Se agarra el estómago.

—Oh Dios, tengo que irme. Diles que los recogerás en su hotel en una hora o dos. ¿Tu coche está limpio? Coge un taxi si no lo está. —Gime—. Realmente tengo que irme. Si cierras este trato, te haré publicista junior.

Vaya. Vale. Esa es una oferta que no puedo rechazar.

—Cerraré el trato —prometo, aunque tengo quizás un veinte por ciento de confianza en mi capacidad para hacerlo. Es decir, ni siquiera me invitó a la sala de conferencias con ellos hoy, y yo soy quien preparó la presentación.

Esta podría ser mi oportunidad para demostrar mi valía. Finalmente convertirme en publicista en lugar de la maldita asistente.

Enderezo los hombros y marcho hacia la sala de conferencias.

—Hola, chicos.

—¡La asistente! —grita uno de ellos como si estuviera emocionado de verme—. ¿Qué hacemos todavía aquí, Asistente? Pensé que nos ibas a sacar.

—Ooh, ¿ella es nuestra cita para esta noche? No está mal.

Mejor que la del traje. —Señala con el pulgar hacia la puerta. No creo que a Janette le importe el apodo.

Mierda. Definitivamente necesito una cita esta noche.

Intento no pensar en esa nota arrugada en mi bolso. No tengo absolutamente ningún plan de llamar a Nikolai. Nunca. Es decir, nunca jamás.

—Janette dijo que nos llevarías donde quisiéramos ir a costa de la empresa, así que estoy pensando en el restaurante de sushi más caro de la ciudad. ¿Puedes conseguirlo, Asistente?

—Emmm... —Mi mente va a mil por hora, no solo tratando de averiguar a qué restaurante llevarlos, sino también asimilando la completa comprensión de lo poco preparada que estoy para manejar a estos chicos.

Son definitivamente revoltosos. Totalmente irrespetuosos.

Puedo entender por qué Janette pensó que necesitaba un acompañante. Pero no puedo entrar en modo zorra total, mi recurso habitual cuando estoy contra la pared, porque se supone que debo cerrar este trato.

Me enderezo.

—Mi nombre es Chelle, llamadme Chelle —digo con firmeza—. ¿Cuáles son vuestros nombres?

—Tiny —dice el bajito, levantando la mano.

—Randy —dice otro, haciendo que la palabra suene sugerente.

—¿Eso es tu nombre o un adjetivo?

Sonríe porque entendí su broma.

—Ambos.

—Genial. ¿Y tú? —Levanto las cejas al tercer chico.

—Bones —responde.

—Bones —Me contengo de hacer cualquier comentario sobre sus nombres.

—Vale, Tiny, Randy y Bones. Definitivamente puedo

llevaros a comer buen sushi, pero Janette tenía reservas en un restaurante mexicano elegante. Es muy popular...

—No —interrumpe Bones—. Queremos sushi.

—Sushi *caro* —añade Tiny.

Consigo no poner los ojos en blanco.

—Vale, veré si puedo conseguirnos una reserva. Podéis volver a vuestro hotel para prepararos para la cena, y os recogeré a las siete.

—No necesito prepararme —dice Randy.

—No tenemos que vestirnos elegantes ni nada, ¿verdad? —se queja Tiny.

—*Yo* necesito prepararme —digo firmemente—. Dadme vuestro móvil y os llamaré cuando llegue a vuestro hotel.

Randy me da su número, y consigo que los chicos se vayan, luego me derrumbo en la silla de mi escritorio y gimo. Intento conseguir reservas en los tres mejores restaurantes de sushi y fracaso con los tres. Es viernes por la noche. Ni siquiera usar el nombre de nuestra empresa sirve de algo.

Mierda. No tengo cita ni lugar adonde ir.

Respiro profundamente y saco la nota arrugada de Nikolai de mi bolso. Es una mala idea. La peor, realmente.

Las cosas podrían salir muy mal, y estos son los potenciales clientes a los que necesito convencer para que firmen con nosotros. Pero no estoy segura de poder manejarlos por mi cuenta.

Aliso la nota sobre mi escritorio y cojo mi teléfono. *Allá va el peor plan de todos.*

Marco el número de Nikolai. Contesta al segundo tono.

—No esperaba que llamaras.

—Emmm... yo tampoco esperaba llamar. No estoy llamando para... eh. Sí. No estoy llamando por eso. Por lo que hicimos anoche. Necesito un favor enorme, enorme.

—¿Me estás llamando para pedirme un favor? —Suena

sorprendido. Sabía que era una mala idea—. Creo que ya me debes uno por haberte devuelto ese anillo.

—Lo sé. Lo sé perfectamente. Es solo que... *uf.*

—¿Qué ocurre? —Su voz se agudiza un poco como si pensara que estoy en peligro o algo así.

—Mi jefa se ha enfermado, y se supone que debo llevar a estos chicos esta noche, mostrarles un buen momento y convencerles de que firmen con nosotros, pero son un poco alborotadores, y necesito otra vez un novio falso.

—¿Cuántos chicos alborotadores?

—Tres. Son skaters. Y quieren el mejor sushi de la ciudad, pero no tengo reserva en ningún sitio, así que tengo que ingeniármelas.

—Vale. Seré tu guardaespaldas. ¿A qué hora?

Un alivio inesperado me invade.

—¿Lo harás?

—¿A qué hora, Chelle?

—Se supone que debo recogerlos a las siete en el Hotel Grand. Tengo que...

—Te recogeré a las 6:35 —me interrumpe.

—¿Ah, sí? ¿Tienes espacio para todos nosotros en tu Tesla?

—Traeré un SUV.

—Eh...

—Adiós, Chelle. —Corta la llamada antes de que pueda decir nada más.

Intento ignorar cómo mis entrañas parecen burbujear y chisporrotear de emoción porque venga como mi cita. O el placer que siento cuando dice mi nombre.

Chelle Goldberg, eres adorable. Recuerdo las palabras antes de que mis ojos busquen la prueba de ellas en la nota.

Está bien que le haya llamado.

Es solo por trabajo.

Únicamente porque estaba en un apuro y no tenía otra opción.

Nikolai

Le envío un mensaje a Chelle cuando estoy fuera de su apartamento, y ella sale corriendo con otra falda de tubo y botas hasta la rodilla. Sube al asiento delantero oliendo a una fragancia cálida de miel que me hace querer lamer cada centímetro de su piel.

—Me gustan las botas.

—Me gusta la chaqueta —dice, observando la chaqueta de traje negra que llevo sobre mi camisa lavanda.

Cuando tienes tantos tatuajes como yo, debes vestirte un poco mejor para que te tomen en serio. Aprendí ese arte de Ravil y Maxim, que siempre parecen salidos de la portada de una revista para hombres.

La electricidad chisporrotea entre nosotros, una excitación de bajo nivel como si estuviéramos en una cita de verdad y no en este extraño favor relacionado con su trabajo.

—Gracias por hacer esto. —Suena un poco sin aliento.

—Tendrá un precio —le digo, dejando que mis labios esbocen una sonrisa para que no se asuste demasiado. No me importa que esté un poco nerviosa conmigo.

Debería estarlo. La verdad es que soy peligroso. Opero usando el teatro del miedo, así que hacer que la gente piense que soy inofensivo sería un error. Su hermano me debe un montón de dinero, y no puedo dejarle escapar.

Ella baja la mirada y hurga en su bolso y saca su móvil.

—Necesito conseguir una reserva en algún sitio —dice—. ¿Ideas? Querían sushi de alta gama.

—Solo están fanfarroneando para ver hasta qué punto

estás dispuesta a satisfacer sus demandas. ¿Se creen estrellas de rock?

—Claramente.

—Vamos a Lucky Roll. —Nombro el lugar de sushi más caro que conozco. Los platos empiezan a trescientos euros. Solo lo conozco porque Maxim y Sasha son fans y nos han llevado allí antes.

—Ya lo intenté. Dijeron que no tienen reservas disponibles los fines de semana hasta dentro de meses.

—Puedo conseguir que nos dejen entrar —digo, con poca confianza de que sea cierto.

Vi a Maxim convencer al maître con dinero para que nos dejara entrar la última vez. Podría funcionar de nuevo esta noche. Vale la pena intentarlo. Por supuesto, si fracaso, podría ser incómodo.

Conduzco hasta el hotel, y ella envía un mensaje a sus posibles clientes para que bajen.

En el momento en que los veo, me relajo un poco. Puedo manejar a estos capullos sin problema. Ahora entiendo por qué me llamó a mí y no a otra persona.

Son de la calle como yo.

Salgo del SUV para las presentaciones y Chelle sigue mi ejemplo.

—Nikolai, estos son Bones, Tiny y Randy. Chicos, este es mi novio, Nikolai.

Se fijan en mis tatuajes y parecen aprobarlos, cada uno dándome un tipo de apretón de manos con golpes de puño que imito.

—¡Niko! —dice Bones—. ¿Puedo llamarte Niko?

—No, no puedes —respondo inmediatamente.

—¡Oh, hostia! —se ríe Tiny, sea lo que sea eso, mientras Randy hace un sonido de gong.

Conduzco a los chicos al asiento trasero del SUV y pongo rumbo a Lucky Roll.

—Así que he oído que sois grandes estrellas del porno —digo con cara seria.

—¿Qué? —pregunta Tiny.

—Claro que sí. — Bones sonríe—. ¿De dónde crees que viene mi nombre?

Chelle gime ruidosamente mientras los chicos de atrás se ríen.

—No, en serio. ¿A qué os dedicáis? ¿Sois skaters?

—Sí. Youtubers. Tenemos un canal con veinte millones de seguidores —dice Randy.

Silbo.

—Impresionante. ¿Entonces por qué necesitáis un publicista? —Miro por el retrovisor mientras conduzco.

—Sí, no creo que lo necesitemos —afirma Bones, cruzando los brazos sobre el pecho.

Randy solo sonríe con suficiencia.

Tiny se encoge de hombros.

—Tenemos una tienda en línea que queremos expandir. Tal vez franquiciar. Necesitamos branding y esas mierdas.

Asiento.

—Guay.

Chelle se gira en su asiento.

—¿Qué os pareció lo que Janette presentó hoy?

Compruebo sus caras en el retrovisor. Ninguno de ellos parece muy impresionado, pero también tengo la sensación de que están jugando con Chelle. Aprovechándose de ella para conseguir una cena cara y entretenimiento mientras toman su decisión.

Encuentro un sitio en el aparcamiento subterráneo debajo del restaurante, y tomamos el ascensor hasta la planta superior. El restaurante parece estar lleno.

—Dame un minuto —le digo a Chelle y me dirijo al mostrador del anfitrión. Saco un fajo de billetes de cien dólares y despego cuatro de la parte superior para sostenerlos entre mis dedos.

Le muestro el dinero al maître.

—Mire, mi novia tiene a estos VIP en la ciudad, y han insistido en cenar en su restaurante. —Los chicos no van vestidos apropiadamente para un buen restaurante, lo que en parte explica por qué los llamé VIP. Con suerte, su supuesto estatus de celebridad les dará un pase por su aspecto—. Sé que están llenos, pero ¿hay alguna posibilidad de que pueda encontrarnos una mesa para cinco?

El tipo mira el dinero y luego a mí.

—Por supuesto, señor. —Toma los billetes con suavidad —. Tengo una mesa privada para ustedes con la mejor vista de la ciudad. Deme solo unos minutos para prepararla.

Asiento y él desaparece.

Cuando regreso, los ojos dorados de Chelle están fijos en mi rostro con una especie de atención expectante.

Le hago un gesto afirmativo y veo cómo su pequeño cuerpo se relaja un poco.

Cuidar de ella se siente bien. De repente deseo estar aquí a solas con Chelle. En una cita de verdad. Considerando que nunca tengo citas, es un deseo extraño. Pero tampoco acoso a mujeres nunca, y ahora tengo a Chelle firmemente en la mira.

El anfitrión regresa y nos acompaña a la mesa, y los chicos proceden a pedir las bebidas y el sushi más caros del menú. Chelle, sabiamente, decide quedarse con agua.

Mantengo la conversación haciendo preguntas y manteniéndolos entretenidos. El tipo de cosas que hago cada viernes por la noche en las partidas. El alcohol los vuelve más ruidosos, pero no son incontrolables.

—Entonces, ¿a qué te dedicas, Nikolai? —pregunta Randy.

Sostengo su mirada con firmeza.

—Soy de la *mafiya* rusa.

CHELLE

Me atraganto con el agua.

Los chicos se ríen, luego Tiny dice:

—No puedo saber si habla en serio.

—Claro que no —intervengo—. Es contable.

—*Da* —asiente Nikolai—. Me ocupo de los números.

Hago un gran espectáculo poniendo los ojos en blanco como si estuviera bromeando. Todo el tiempo, mi estómago está atascado en el plexo solar.

Esta cena va a costar una auténtica fortuna; he estado sumando las cosas en mi cabeza, y ya hemos superado fácilmente los dos mil. Eso sin contar el dinero que Nikolai pagó para conseguirnos una mesa. Estoy segura de que también tendré que devolver eso con un montón de intereses. Tengo la tarjeta de crédito de la empresa, pero si no consigo este trato, Janette probablemente me matará.

No podría estar más estresada.

Lo único que ha salido bien esta noche es, bueno, Nikolai.

Es mi salvación. Nos consiguió entrar en este lugar. De alguna manera tiene el control de mis escandalosos invitados, y creo que realmente les cae bien.

No puedo imaginar lo incómoda y diferente que sería esta noche sin él.

Para empeorar las cosas, los chicos siguen pidiendo más bebidas y más sushi. Juro que se retaron entre ellos para acumular la cuenta más alta posible.

De hecho, no me sorprendería que ese sea exactamente su plan. Probablemente me estén grabando en secreto para ponerlo en su canal de YouTube y burlarse de mí. Busco cámaras ocultas, pero no veo ninguna. Aunque, ¿qué sé yo de ese tipo de cosas?

Cuando finalmente llega la cuenta, me niego a mirarla. Simplemente saco la American Express y la pongo en la carpeta.

—Gracias por la cena —dice Boner con una mirada traviesa.

Sí, definitivamente me estaban tomando el pelo.

—Ahora nos gustaría ver la vida nocturna de Chicago. Janette prometió llevarnos de fiesta.

—Claro, podríamos ir...

—¡Llévanos a un club de striptease! —interrumpe Randy.

—Eh —dice Nikolai bruscamente, haciendo que los tres lo miren—. Estás hablando con mi novia, así que muestra un poco de respeto, o te meteré la cabeza en el váter de allí. ¿Cómo lo llamáis los estadounidenses? ¿Una "remojada"?

Los otros dos chicos hacen ruidos de "oooh".

—Oh, creo que lo haría —dice Tiny.

Randy me mira.

—¿Está realmente en la *mafiya* rusa?

—No hablamos de eso —digo con remilgo, finalmente siguiendo la corriente como si todo fuera una gran broma.

Nikolai me lanza una sonrisa satisfecha y empuja su silla para ponerse de pie.

—La banda de una amiga mía está tocando no muy lejos de aquí. Vamos, os gustará.

Los chicos le siguen como si Nikolai fuera su líder natural.

Me toma un minuto reorientarme. Tenía mi lista de posibles actividades en la cabeza, y mi mente aún daba vueltas intentando elegir la mejor cuando me doy cuenta de que estoy libre. Nikolai tiene la velada bajo control.

Gracias a Dios por mi improbable héroe.

Pero no, Nikolai no es un héroe. Tengo que recordármelo. Es un delincuente peligroso. Probablemente mata a gente en callejones oscuros. Definitivamente usa la violencia y la extorsión para salirse con la suya. Y lo peor de todo, ahora mismo tiene a mi hermano contra las cuerdas. Caracterizarlo como un héroe sería un error de proporciones épicas.

Aun así, no puedo arrepentirme de haberle pedido que se encargara de esta noche.

Probablemente me arrepentiré bastante cuando me pida su favor a cambio.

Con suerte no será nada ilegal o desagradable. No puedo decidir si espero o no espero que sea de naturaleza sexual.

No puedo pensar en eso ahora. Solo tengo que sobrevivir a esta noche.

Nikolai nos lleva a una especie de pub mugriento. No es nada que yo elegiría para llevar a un cliente potencial, pero a los chicos de Skate 32 parece encantarles.

Hay una banda en el escenario, pero no están tocando. Todavía están afinando y preparándose.

—¡Nikolai! —Una joven con un corte bob platino al estilo Debbie Harry saluda desde el escenario, y algo dentro de mí se tensa y endurece.

Uf. Por supuesto que su amiga con banda es una mujer.

Nikolai es un completo mujeriego. Por eso se le da tan bien manejar este extraño evento social. Es el tipo de chico que sale con una chica diferente cada fin de semana. Totalmente experimentado en este tipo de cosas.

Nikolai nos encuentra una mesa hacia la esquina del fondo porque dice que va a ponerse ruidoso. Coloco mi silla en el extremo, lo más apartada posible de todos ellos. Me he quedado sin energía para todo esto. Definitivamente no puedo lidiar con ninguno de estos tipos, incluido el que voluntariamente invité.

Nikolai se inclina hacia delante y engancha una mano bajo el asiento de mi silla para arrastrarme alrededor de la esquina junto a él.

Suelto un pequeño grito cuando se inclina, y él reduce la velocidad, pero sigue tirando hasta que estoy justo a su lado.

—No dejaré que te caigas —dice, como si ya debiera saberlo.

Una camarera viene a tomar nuestro pedido, y ella también conoce el nombre de Nikolai.

No puedo evitar la quemazón de celos que recubre mi boca y garganta.

Nikolai me observa.

—¿Estás bien?

—Estoy bien —miento. Lo estaré en cuanto pase esta noche. Pero entonces no puedo contenerme—. Así que, ¿eres amigo de la banda?

Asiente.

—De Story. —Levanta la barbilla hacia la rubia.

Quiero irme. ¿Quizás podría hacerlo? ¿Sería demasiado raro? La banda probablemente es un desastre.

No, eso es absurdo. No puedo irme. Se supone que debo asegurarme de que este trato se cierre para mañana.

Trago la bilis que siento en la garganta.

—¿Vosotros estáis, como...?

Nikolai se burla suavemente con una sonrisa divertida.

—¿Story y yo? —Hace un gesto entre ellos—. No. Solo espera un minuto, y todo quedará claro.

Frunzo el ceño, odiando el misterio. ¿Qué quedará claro?

—Mira. —Inclina la cabeza hacia un grupo que está entrando por la puerta.

No logro entender de qué está hablando. El grupo se

acomoda en las mesas justo frente al escenario. Y entonces veo que tiene razón. Todo queda infinitamente claro.

Porque Story da un salto desde el escenario y aterriza directamente en los brazos de un hombre enorme y tatuado.

Un tipo que reconozco de la suite del hotel donde tuvieron su partida de póker.

Todo lo duro y puntiagudo dentro de mí de repente se derrite en caramelo caliente. La demostración pública de afecto es adorable. Ver la forma en que el gigante musculoso mira a su novia con amor total me hace derretir.

—Es la novia de tu *amigo* —digo con alivio.

La sonrisa de Nikolai es cálida, pero su mirada no está en ellos, está en mí.

—*Da*. Son mis compañeros de piso. Todos ellos.

Es extraño.

Una sensación extraña e incómoda, pero a la vez cálida.

Porque en este momento, Nikolai de repente se vuelve humano para mí.

No es solo el corredor de apuestas de la Bratva. El monstruo que presta dinero y rompe caras para recuperarlo.

Es un tipo con compañeros de piso y amigos.

Amigos que obviamente aman profundamente.

Veo cómo el grandullón lleva a Story de vuelta al escenario y la sube suavemente. Ella toma su guitarra eléctrica, asiente a sus compañeros de banda, y se lanzan a una canción divertida y de ritmo rápido.

Los skaters, que estaban ocupados bebiendo una ronda de chupitos de vodka que Nikolai había pedido, vitorean, aparentemente encantados con la música.

Nikolai lanza un brazo largo por detrás de mi silla, reclamándome casualmente, como si estuviéramos en una cita real. Como si fuéramos una pareja real. Me gusta cómo se siente. Por un minuto, pretendo que esta es realmente mi vida. Estoy aquí con Nikolai y sus amigos, disfrutando de música en directo.

—¿Tocan aquí a menudo? —pregunto, intentando tener una visión más amplia de su vida.

Asiente.

—Todos los jueves. ¿Te gusta?

—Sí. Son buenos. Totalmente.

—¡Bienvenidos a todos! —dice la cantante principal en el micrófono—. Soy Story, y somos los Storytellers. —Mira hacia atrás en nuestra dirección—. He oído que tenemos invitados especiales esta noche. Nikolai, ¿has traído a los chicos de Skate 32?

Boner, Tiny y Randy se vuelven locos, levantándose de un salto y gritando como si su equipo acabara de marcar un gol.

—Mi hermano, Flynn, es un gran fan. —Señala con el pulgar hacia atrás, al guitarrista principal que parece una versión más joven de ella.

Flynn les hace un signo de "todo bien" con la lengua fuera.

No puedo creerlo.

—¿Lo sabías? —le pregunto a Nikolai que se ríe y niega con la cabeza con igual incredulidad.

Después de eso, la fiesta está en marcha. Me olvido de vigilar a mis invitados porque se lo están pasando genial. La conversación se vuelve más relajada, su bullicio es menos combativo, adquiriendo un ambiente más festivo.

A mitad del segundo set, Nikolai me sienta en su regazo.

—Para, ¿qué estás haciendo? —exijo, intentando no montar una escena mientras trato de escabullirme de vuelta a mi silla.

—Shh. Eres mi novia. Actúa como tal.

—Nikolai...

—Calla. —Usa el brazo alrededor de mi cintura para arrastrarme más arriba sobre su regazo—. Mira a la banda.

Me siento rígidamente durante unos minutos, luego

empiezo a relajarme mientras él traza círculos ligeros alrededor de mi rodilla con las yemas de sus dedos. No debería estar sentada en el regazo de Nikolai. Incluso si fuera mi novio real, que absolutamente no lo es, sería poco profesional. Estoy aquí con potenciales clientes. Aunque, dichos clientes se están emborrachando y mirando a la banda, no a mí. También está el hecho de que los dedos de Nikolai empiezan a subir por mi muslo interior, y está haciendo que mi pulso se acelere. Especialmente porque recuerdo vagamente, bueno, recuerdo con perfecto detalle, lo hábil que es con sus dedos. Especialmente en la región de mi cuerpo hacia donde se dirige.

Me remuevo un poco en su regazo, mi mente dando vueltas de nuevo por el camino de "esta es una idea horrible" mientras sus dedos envían hormigueos por mi columna vertebral.

Los dientes de Nikolai marcan mi hombro, y me muevo sobre su regazo, perdiendo el aliento.

—¿Estabas dolorida hoy, Pecas? —Su aliento caliente está en mi nuca.

Agito y asiento la cabeza al mismo tiempo.

—¿Estabas enfadada?

Es una pregunta curiosa considerando que fui yo quien le suplicó anoche, pero lo agradezco. Me dolió un poco, y estaba borracha. Su pregunta muestra un nivel de consideración que no esperaría de un chico como él.

Excepto que estoy empezando a darme cuenta de que no sé cómo es realmente un *chico como él*. Tenía un borroso estereotipo construido a partir de las películas y basado en lo que le hizo a Zane. Pero otras partes no encajan realmente.

Sus dedos se deslizan bajo mi falda, apenas rozando mis medias.

—Me gustan tus faldas ajustadas, *zayka*. Te vistes como si fueras a ser una jefa importante muy pronto.

Me giro para ver su cara porque las palabras me sorprenden. También me satisfacen y me desconciertan. Como si este tipo me viera con falda dos días seguidos y de repente conociera mis objetivos de vida o algo así.

Su mirada azul está en mi rostro, intensa y más seria de lo que esperaba.

—Ese es mi plan —digo remilgadamente.

Sus labios se curvan.

—Entonces me mantendré fuera de tu camino. —Me guiña un ojo, y maldigo la forma en que empapo mis bragas.

Mujeriego.

Este tipo no es más que un mujeriego. Por eso es tan condenadamente bueno en la seducción.

No puedo permitir que sea una repetición de Rob Sharke para mí. Aprendí esa lección de la peor manera posible para una chica de diecisiete años.

Anoche bebí demasiado. Esta noche estoy sobria. Debería tener más autocontrol. No debería estar en el regazo de este tipo.

Pero entonces él me cubre audazmente el monte de Venus, y dejo escapar un grito de placer. Solo la imagen de su mano desapareciendo bajo mi falda arrugada envía una descarga de lujuria hedonista directamente a mi región inferior. El encaje negro de mis medias hasta el muslo resalta el trozo de piel pálida entre las medias y la falda. Agarro mi chaqueta del respaldo de mi silla y la coloco sobre mi regazo, aunque estamos en un rincón oscuro y la mesa oculta todo.

—No dejaré que nadie vea —promete Nikolai con ese tono de reproche que usó cuando acercó la silla. Como si yo debiera saber que no hay que dudar de él.

Ahora mueve sus dedos sobre mis bragas, y es todo lo que puedo hacer para no bailar en su regazo. Cambia su ángulo con el brazo alrededor de mi cintura para deslizar su mano bajo mi jersey. Cuando pellizca mi pezón y frota mi clítoris al mismo tiempo, me sacudo y vuelvo a gritar.

Afortunadamente, el sonido de mi grito ahogado se pierde en el bullicioso ruido que llena el local.

Tengo que admitir que la banda es realmente genial. Prestaría más atención si...

Oh Dios.

Nikolai introduce un dedo dentro de mí mientras mantiene la presión en mi clítoris con la palma y retuerce y tira de mi pezón.

Quiero reír y llorar al mismo tiempo. Estoy demasiado excitada, necesitada y desesperada, y realmente quiero más que la punta del dedo de Nikolai dentro de mí.

Supongo que Shanna tenía razón.

Realmente necesito acostarme con alguien.

De lo contrario, no permitiría que sucediera esta cosa ridícula y loca ahora mismo.

Quiero culpar a Nikolai, convertirlo en el diablo, pero no es él quien recibe placer.

Soy yo.

Él está dando todo.

—¿Por qué...? —Me retuerzo, tratando de hundir su dedo más profundo. Introduce un segundo dedo dentro de mí.

—¿Por qué qué, Pecas? ¿Por qué te encuentro tan excitante? No estoy seguro. Creo que es algo sobre esa actitud de jefa en un paquete tan pequeño.

Levanto mis caderas, corriéndome alrededor de sus dedos. Estoy avergonzada y no del todo satisfecha. También, más que un poco confundida por mi incapacidad para resistir los encantos de Nikolai.

Él frota mi clítoris, y me corro un poco más, un estremecimiento recorre todo mi cuerpo mientras apoyo mi cabeza en su hombro y me desplomo en su regazo.

—¿Por qué me estás haciendo esto? —digo con voz ronca,

como si acabara de hacerme algo malo en lugar de algo aluci-
nante y divertido. Algo que fue solo para mi placer y no para
el suyo.

—No era mi intención —murmura él.

Sus palabras se posan sobre mis hombros y se asientan
allí como una capa de gasa, tejida de magia y misterio.
Nikolai tampoco pudo contenerse. Esto no es algo que me
está haciendo a mí, sino algo en lo que estamos juntos.

CAPÍTULO 8

Nikolai
 Mientras llevo al trío de vuelta a su hotel, noto que la rigidez de Chelle regresa. Se había relajado al final del espectáculo, no solo conmigo, sino también con los chicos y la banda.

Los Storytellers nunca habían dado un espectáculo mejor, y a las estrellas del skateboard de Chelle les encantó. No sabría decir si era el alcohol o el hecho de que Flynn los reconociera y se sintieran famosos, pero socializaron durante el descanso de la banda, y para cuando Rue's cerró por la noche, Chelle estaba negociando sus promesas ebrias de usar la música de los Storytellers en sus vídeos de YouTube en algún tipo de colaboración.

Adivinando su ansiedad ahora que la noche está casi terminada, hago de embajador.

—¿Vais a firmar con Chelle y su jefa, o solo la estabais tomando el pelo esta noche?

Un par de los chicos ríen suavemente.

—No, firmaremos —dice Randy con naturalidad—.

Quiero decir, sí estábamos bromeando, pero sí. Chelle, eres genial. Tienes mi confianza.

—Sí, totalmente —confirma Tiny.

—También la mía —dice Boner.

—Gracias. Eso es estupendo. —El alivio emana de Chelle. Veo la primera sonrisa genuina en su rostro, y es impresionante—. ¿Vendréis mañana a firmar los papeles?

—Sí. Allí estaremos. Pero queremos trabajar contigo, no con tu estirada jefa, ¿vale? —dice Randy.

—Vale. —La sonrisa de Chelle es aún más grande—. Quizás tengáis que decírselo vosotros, ¿de acuerdo?

—Oh, lo haremos —jura Randy.

Entro en la entrada circular de su hotel y me bajo para hacer eso de chocar los puños, pero ahora todo son abrazos masculinos, palmadas en la espalda y aliento a vodka en mi cara mientras me dicen lo bien que lo han pasado.

Cuando van a darle grandes abrazos a Chelle, advierto:

—Sobadle el culo a mi novia y os romperé todos los dedos.

Se alza un coro de "¡uuuh!" y "¡vaya!" de buen humor, y optan por estrecharle la mano en su lugar, lo que es bueno, porque no estaba de coña.

Puede que no sea mi novia, pero nadie se va a propasar con ella bajo mi vigilancia.

De hecho, puede que tenga que autonombrarme su guardaespaldas permanente si va a tomar a estos payasos como sus clientes personales.

—Gracias. Has estado genial —dice Chelle cuando volvemos al SUV.

Sonrío, pero no respondo. Me gusta hacerla feliz. Me gusta aún más hacerla llegar al orgasmo.

Cuando llego a su casa, encuentro un sitio para aparcar y apago el motor.

Chelle se pone rígida otra vez.

—No vas a subir conmigo porque esto no ha sido una cita de verdad —dice.

No soporto la idea del sexo como una transacción, así que definitivamente no pensaba que me debiera nada, pero mi polla está dura desde que ella restregó ese culito sobre mi regazo y dejó que la follara con mis dedos, así que no estoy muy dispuesto a rendirme.

—Cierto, no fue una cita, fue un favor. —Pongo un tono sugerente en mi voz y me giro para mirarla. Su mano está en la manija de la puerta, pero aún no la ha abierto—. Mmm. Lo añadiré a lo que me debes entonces. —Recordando el precio que exigí por el último favor que le hice, alcanzo su nuca y tiro de ella para juntar su boca con la mía.

Su aliento sabe a mentas de canela, y sus labios están tan dispuestos como lo estaba su pequeño y tenso cuerpo en Rue's. La beso lentamente, saboreando la suavidad de su boca, el movimiento tentativo de su lengua entre mis labios.

Cuando termino, sus ojos están dilatados. Todavía no abre la puerta.

—¿Eso era parte de lo que te debo?

—No, eso ha sido yo tomando lo que quiero —admito.

—¿Qué te debo?

—Oh, lo sabrás cuando te lo cobre. —Mi voz suena más profunda de lo habitual. Tengo que moverme para reacomodar mis partes.

—¿No quieres cobrártelo esta noche? —Su voz es ronca.

Me quedo inmóvil cuando mi lujuria choca con la necesidad de mantener un poco de orgullo.

Inclino la cabeza.

—¿Así que está bien que suba si es una transacción, pero no si es una cita?

Ella se queda quieta. Sus labios se entreabren, pero no tiene respuesta para eso.

No es del todo justo. Puede que haya cambiado de

opinión por el beso, no porque yo no sea digno, pero no me gusta sentir que estoy aquí con la polla al aire.

Señalo con la cabeza hacia la puerta.

—Sal. —Lo digo con ligereza para quitarle la dureza.

Ella parpadea.

—¿Qué?

—Sal, Chelle, hemos terminado.

Todavía le toma un minuto antes de moverse y cuando lo hace, hay consternación en su expresión. Sus ojos dorados están abiertos y arrepentidos.

—Vale —dice mientras se desliza del asiento y cae al suelo —. Eh, adiós.

Asiento, pero no respondo. Ella cierra la puerta a medias, luego la detiene y vuelve a asomar la cabeza. Abre la boca. La cierra de nuevo.

—Sí. —Cierra la puerta.

Espero hasta ver que ha entrado en el edificio antes de irme. Mientras lo hago, la contundencia de mis palabras empieza a aplastarme desde dentro. ¿Lo decía en serio? ¿Que hemos terminado?

Sí, supongo que sí.

No hay espacio para nada más que el sexo. Ella quiere al chico malo para que la haga llegar un par de veces sin la estructura de una relación.

Y por una vez en mi vida, quiero algo más. Me merezco más.

Después de toda una vida tratando de mantenernos vivos a mí y a mi gemelo, es hora de mirar más allá de las noches de viernes y ganar dinero para el jefe.

Todos los demás tienen amor.

¿Por qué yo no puedo también?

Mi teléfono vibra cuando casi estoy de vuelta en el Kremlin. Sé sin mirar que será Chelle.

Siento que te he ofendido. Lo siento. Has estado genial esta noche con los clientes.

No respondo.

No soy un crío. No es que esté tan ofendido o que haya herido mis sentimientos. Simplemente me di cuenta de que era hora de cortar por lo sano. Chelle me fascina, pero no podría funcionar.

Entro en el aparcamiento subterráneo y aparco el SUV de Oleg. En el ascensor hacia mi piso, ella me envía otro mensaje.

Es solo que no sé cómo tener sexo con alguien sin casarme con él en mi mente.

Intento no ablandarme. Esta confesión es mona, pero todavía no significa…

Llega otro mensaje. *Creo que me gusta la idea del sexo como transacción de la misma manera que 1 de cada 5 mujeres fantasea con ser forzada. O quiere ser atada.*

Joder. Ahora no puedo resistirme.

¿Quieres que te ate, Chelle? le respondo.

Las puertas del ascensor se abren, y salgo, deteniéndome en el pasillo vacío para esperar su respuesta.

¿Qué estoy haciendo? Acabo de decidir en su casa que quería algo más que sexo, y que no iba a suceder con ella.

¿Eh… sí? ¿Quizás?

¿Por qué tiene que ser tan adorable? Todo lo que hace es adorable. Simplemente nunca tengo suficiente de ella.

Antes de poder contenerme, le escribo: *¿Quieres hacer un trato con el diablo?*

Mi polla se endurece ante la perversa idea que baila en mi cabeza. Ignoro mi erección y camino hacia mi apartamento.

Sé que va contra mis reglas. Sé que quería algo real y no sexo sin sentido, pero esta es la oportunidad que me ha dado. No quiere salir conmigo. Quiere sexo como transacción.

Así que, a la mierda, ella merece que rompa mis reglas. La

quiero debajo de mí, retorciéndose con ese cuerpecito suyo tan apretado y gimiendo mi nombre. No me importaría en absoluto que estuviera atada mientras lo hago. Tal vez podría llevar mi collar y una mordaza. Llamarme *Papi* o *Amo* o *Señor*.

Y yo que pensaba que nuestro hermano de la Bratva, Pavel, era el pervertido.

Uso la tarjeta para abrir mi puerta y entro. El lugar nunca se ha sentido más vacío. Dejando las luces apagadas, voy directamente al dormitorio y me tumbo boca arriba.

¿Eres tú el diablo? llega su mensaje.

Resoplo mientras le contesto: *Obviamente.*

Quizás, responde ella.

¿Sí o no?

¿Sí?

No debería. No porque sea incorrecto, sino porque el sexo no es una moneda que yo acepte. Es decir, no es como si pudiera pagar a mis hermanos su parte. Bueno, técnicamente podría, pero antes me cortaría los huevos.

A la mierda.

30 noches y tu hermano queda libre.

Tan pronto como lo escribo, me pongo duro como una piedra.

Ella responde casi inmediatamente. *¿Consecutivas?*

Blyad', es mía. Mi polla se pone dura como una roca. Me bajo la cremallera para liberarla, pero no me permito acariciarla. La tortura de repente se siente bien. Podría tener los labios carnosos de Chelle estirados alrededor de mi miembro mañana por la noche. Podría ponerle el culo rosado otra vez y escuchar sus dulces gemidos. Ponerla de rodillas para mí y enseñarle a servir.

Soy el diablo, y no me arrepiento ni un poco de romper mis propias reglas.

Sí. Eres mía durante un mes, le escribo. *Si te vas, lo pierdes todo.*

No responde por un momento, y empiezo a sudar. Quizás me diga que no. Definitivamente lo está pensando.

¿Puedo tener límites inquebrantables? No puede interferir con mi trabajo.

Casi levanto el puño en la oscuridad. Escribo: *El trabajo es un límite inquebrantable. ¿Qué más?*

¿Anal?

No hay trato. Voy a follar ese culito tuyo, o no jugamos.

¡Ay!

Me río en voz alta. Mi habitación de repente vuelve a sentirse como un dormitorio, no como este espacio vacío donde deposito mi cuerpo por las noches.

¿Hacerme daño? Otro mensaje sigue inmediatamente. *Y nada de sexo con otras personas.*

Nadie más, respondo. *Para ninguno de los dos.* Lo envío y luego mando otro mensaje. *Solo te haré daño de formas que te gusten.*

El teléfono permanece en silencio por un momento, luego ella escribe: *¿Cuándo empezamos?*

Ahora finalmente me permito agarrar mi codiciosa polla. Dándole un fuerte tirón, cierro los ojos y dejo que mil escenarios sucios con Chelle pasen por mi mente.

Entonces recuerdo que tengo la partida de póker mañana. Maldita sea.

Pero está bien, tengo todo el mes con ella.

Haré que te entreguen una llave de mi casa en tu oficina. Te quiero desnuda en mi cama cuando llegue de mi partida mañana por la noche. ¿Entendido?

Dios mío, me responde, y una carcajada sale disparada de mi garganta. Bombeo mi puño sobre mi polla y cierro los ojos, pensando en Chelle, desnuda, aquí. Cuando me corro, todavía estoy sonriendo.

CAPÍTULO 9

*C**helle***

    A la mañana siguiente estoy prácticamente eufórica. No es por mi acuerdo con Nikolai, definitivamente no es eso. Es porque conseguí el contrato con los skaters, y me quieren a mí como su publicista, no a Janette.

Bueno, quizá sean ambas cosas.

Debería estar aterrorizada por el asunto de Nikolai.

Literalmente hice un pacto con el diablo.

Pero no consigo tener miedo. Nikolai simplemente no me asusta. Es decir, lógicamente, debería. Sé que lo que le hizo a Zane fue violento. Pero es posible que no fuera despiadado. Parece regirse por un código o conjunto de reglas, y no creo que estas incluyan hacerme daño o venderme a traficantes sexuales.

Aunque no estoy del todo segura de cuáles son esas reglas.

A pesar de que solo he dormido cuatro horas, me tomo un tiempo extra en la ducha, afeitándome por todas partes y pensando en todas las cosas que podrían pasar esta noche.

Definitivamente voy a acostarme con alguien. Salgo de la

ducha y me extiendo por todas partes mi loción de manteca de mango y jengibre, luego me pongo mi conjunto más sexy de sujetador y braguitas a juego, los de encaje negro. Por supuesto, Nikolai probablemente ni siquiera los verá porque se supone que debo estar desnuda cuando llegue a casa. Y por supuesto, tengo tiempo después del trabajo para hacer estas cosas. No tengo que hacerlo ahora.

Pero quiero hacerlo.

—Echo —grito hacia la cocina—. Pon "Low" de Flo Rida.

Supongo que me siento sexy. Era mi canción favorita de fiesta en el instituto. Cuando empieza a sonar, me dejo llevar hasta la cocina todavía en sujetador y braguitas para escucharla a todo volumen. Me pongo frente al Echo como si fuera mi pareja de baile y deslizo mis manos por mi cuerpo, cantando a pleno pulmón, dándome palmadas en el trasero y agachándome en los momentos apropiados.

Cuando termina "Low", le pido a Echo que ponga "Teenage Dream" de Katy Perry, y me dirijo bailoteando a mi habitación para vestirme mientras canto como si tuviera trece años.

Llamo a Shanna de camino al trabajo, aunque sé que aún está dormida. No puedo evitarlo. Tengo que dejarle un mensaje en su buzón de voz. De alguna manera, creo que estaría orgullosa de mí.

—Bueno, estoy siguiendo tu consejo. Por fin voy a tener algo de sexo casual. Lo cual es un término bastante estúpido. ¿Cuándo no es necesario el sexo? Oh, supongo que casual también significa que es gratis. Bueno, este sexo no es gratis. Vale treinta mil pavos. —Sí, estoy hablando como una gánster. O una niña de trece años. Estoy siendo ridícula, pero se siente genial.

Hace mucho tiempo que no me divertía tanto.

Supongo que Shanna tenía razón después de todo.

—Llámame para los detalles cuando te despiertes —canto al teléfono y luego cuelgo con una sonrisa tonta en la cara.

Sí, así es. Hoy es mi día. Voy a negociar un ascenso en el trabajo, y cerré un trato de treinta mil pavos para sacar a mi hermano del apuro. Un trato que incluye que me acueste regularmente durante treinta noches.

¿Sueno como un tío ahora mismo? Me siento un poco como un tío.

¿Quién iba a pensar que todo lo que necesitaba era un poco de sexo sin compromiso para sentirme tan empoderada?

$\sim$

NIKOLAI

Estoy enamorado.

Rebobino el vídeo de Chelle bailando por la cocina en sujetador y braguitas cinco veces con mi polla en la mano.

Es tan jodidamente sexy.

Y adorable.

Y divertida. Es esa diversión lo que realmente me desarma. Me gustaba mucho la Chelle explosiva y estirada. ¿Pero verla con la guardia baja? Se me mete bajo la piel.

Me hace desesperar porque me revele ese lado de sí misma. Para que se suelte. Para que sea vulnerable. Para que se vea tan feliz y despreocupada.

¿Fue cerrar el trato con Skate 32 lo que la hizo tan alegre esta mañana? ¿O fue nuestro trato?

No había encontrado motivos para arrepentirme del trato todavía, y ahora estoy aún más satisfecho con mi decisión, aunque ya sé que no terminará bien.

Al menos habrá muchos orgasmos por el camino, ¿verdad?

Chelle me manda un mensaje a la hora de comer. Estoy

arriba, sentado en la barra del desayuno con Sasha y Maxim. *¿Qué pasa con mis clases de spinning?*

Sonrío. *Estoy abierto a negociaciones. Puedes ganarte privilegios.*

Ella responde: *¿Eso incluye ir los miércoles al Red Room para ver a mi mejor amiga?*

El recuerdo de aquel *mudak* ligando con ella me hace rechinar los dientes. *Ni de coña. No sin mí, en todo caso.*

¿Invitas tú?

Ahora está coqueteando. Mi sonrisa vuelve. *Si te llevo a salir, yo invito. Pero aún no te lo has ganado.*

Sasha me arrebata el teléfono de la mano.

—¡Eh!

—¡Estás escribiéndole a una mujer! —declara—. ¿Es la del Rue's de anoche?

Extiendo la mano.

—Dame el teléfono, Sasha. No es asunto tuyo.

—Cuida tu lenguaje con mi esposa —me gruñe Maxim.

Le ignoro porque ambos sabemos que ella está siendo una molestia. *Malcriada* es el segundo nombre de Sasha, pero está buenísima y vino con pozos petroleros valorados en sesenta millones de dólares, así que a Maxim no le importa su matrimonio arreglado.

Intenta sin éxito desbloquear mi teléfono.

—Vi, *Si te llevo a salir, yo invito* —anuncia triunfalmente—. ¿Entonces qué pasa? ¿Estás saliendo con esta mujer? ¿Eh?

—Sí, ¿qué pasa? —Story aparece desde el dormitorio de Oleg con mi gigante hermano de la Bratva detrás—. Lo de anoche fue una escena extraña. ¿Cómo ocurrió eso?

Niego con la cabeza. No estoy tan tentado de decirle a Story que se ocupe de sus malditos asuntos porque es demasiado amable y también porque Oleg literalmente me mataría.

Oleg me delata, sin embargo, señalando, *Es la hermana de*

un tipo que nos debe dinero. Story interpreta en voz alta porque conoce la lengua de signos mejor que nosotros, aunque el resto ya captamos la esencia sin su interpretación.

Sasha, que se especializó en teatro, da un suspiro exagerado y se lleva una mano a la boca.

—¡Nikolai! *Gospodi,* ¿tomaste a su hermana como pago?

Maxim gruñe, y me doy cuenta de que todos me están mirando fijamente esperando mi respuesta. Como si creyeran que es verdad.

El hecho de que sea bastante cercano a la verdad me quema.

—Callaos. Todos vosotros. Mi acuerdo con Chelle no es asunto vuestro.

—Oh. Dios. Mío. —Sasha suena encantada—. No puedo creerlo. ¡Lo has hecho!

—Pensaba que teníamos una regla de no usar sexo como moneda de cambio —dice Maxim suavemente.

Como si no fuera a presionarme por ello, pero tiene curiosidad por saber por qué rompí las reglas. Tiene razón, por supuesto. Los treinta mil que Zane debe no son míos para jugar con ellos. Pertenecen a la Bratva. Pago a Adrian y Oleg con ese dinero y un porcentaje siempre va para Ravil.

—Parad. —Hago mi voz lo más cortante posible.

Solo funciona porque soy el tipo que nunca levanta la voz. Es difícil hacerme enojar por casi cualquier cosa.

Pero Chelle estará aquí, en este edificio, durante los próximos treinta días. No puedo mantener secretos ante la Bratva. No sin que la situación me explote en la cara.

—Hice un trato —admito—. Pero si uno de vosotros *mudaks* le dice una palabra sobre esto, os mataré. ¿Entendido?

Sasha sonríe, pero hace un show cerrando sus labios con una cremallera imaginaria, echando el candado y tirando la llave por encima de su hombro.

Story frunce el ceño, como si no le gustara, y de repente me siento como el peor de los cabrones.

Me froto la cara con una mano.

—No juzgues, por favor. Me gusta esta chica.

El rostro de Story se aclara. Todos se ablandan, de hecho. Como si de repente me hubiera convertido en objeto de su empatía, en lugar del criminal que tomó a la hermana de alguien como pago por una deuda con la mafia.

—Seremos amables —promete Sasha—. No hablé mucho con ella anoche, pero parecía genial. Quizás pueda contratar a su empresa de publicidad para la próxima obra del teatro.

Un hilo de alivio fluye por mí. Están dejando el interrogatorio y aceptando a Chelle en el grupo, así sin más.

Es uno de los muchos milagros de mi vida en la célula de Ravil. Son familia en el mejor sentido de la palabra. No sé por qué últimamente sentía que no pertenecía aquí.

—Sí, ¿y qué pasa con Skate 32? —interviene Story—. ¿Crees que realmente usarán nuestra música en sus vídeos?

Me encojo de hombros.

—No lo sé, pero estoy seguro de que Chelle intentaría hacerlo realidad si os interesa.

Creo que eso es cierto. Eso espero, al menos.

Cruzo miradas con Oleg.

—¿Listo para hacer algo de trabajo de cobrador? —pregunto. Es viernes, lo que significa que hacemos rondas para cobrar el dinero que nos deben.

No creo que a Oleg le encante su trabajo, pero está tan estoico como siempre. Asiente, luego hace señas a Story y le da un beso.

Por primera vez desde que Dima se fue, no siento la punzada aguda de celos al presenciar esa intimidad. La sensación de ser excluido.

Porque esta noche, no dormiré solo.

CAPÍTULO 10

*C**helle*

Tal como prometió, un mensajero muy tatuado con un fuerte acento ruso apareció en mi trabajo para entregarme un sobre esta tarde. Dentro había una tarjeta magnética y una nota escrita con las letras cuadradas y pulcras de Nikolai.

Chelle,

Estoy deseando tenerte como mi esclava sexual.

Estoy en la Suite 1110. Necesitarás la tarjeta para el ascensor y para mi puerta. También puedes usarla para aparcar en el garaje debajo del edificio.

Te quiero allí a las nueve, pero no me esperes en casa hasta después de medianoche.

-N

Leí y releí esa primera línea veinte veces. ¿Cuán en serio se está tomando esto de la esclava sexual?

Bueno, obviamente, en serio, considerando los mensajes que intercambiamos. Creo que es la palabra "esclava" la que me está desconcertando.

Pero conociendo a Nikolai... *¿conozco a Nikolai?*, lo está diciendo con ironía. El tío no me parece extremista en nada.

Aunque, por otro lado, vi la cara de mi hermano después de visitarlo.

Oh, y además volvió para romperle la nariz después de que Zane cogiera el anillo de mi bolso y casi me despidieran. No pude resentirme mucho por eso. Se lo tenía merecido.

A las cuatro en punto, los skaters salen de la sala de conferencias y se acercan a mi escritorio.

—¡Cheeeeeeeeelle! Ven aquí y dame un poco de cariño. —Randy extiende sus brazos para un abrazo.

Me pongo de pie y dejo que me levante del suelo en un abrazo de oso.

—Menos mal que Nikolai no está aquí, o me rompería las piernas, ¿verdad? —bromea, probablemente sin darse cuenta de lo cierto que podría ser.

Aun así, no me molesta hoy. Lo que ayer me pareció ligeramente amenazante y desagradable, ahora parece todo diversión. Somos amigos. Me quieren como su publicista. Piensan que soy genial.

—Dijimos que te queríamos a ti o no firmaríamos —dice Randy en voz baja mientras me deja de nuevo en el suelo.

—¿Y? —pregunto, sin aliento.

—Y está hecho. —Sonríe radiante—. Ponnos en contacto con la banda de Flynn, ¿vale?

—Lo haré —prometo mientras Bones me da el mismo tratamiento de levantarme y darme vueltas.

—Oye, el que sea pequeña no significa que podáis manosearme —protesto.

—No te manosearé —promete Tiny, extendiendo su mano, pero cuando voy a estrecharla, se lanza a darme un abrazo de oso.

—Adiós, gracias por el buen rato —dice cuando me deja de nuevo en el suelo.

Niego con la cabeza.

—Vosotros vais a ser un dolor en el culo, ¿verdad?

Los tres me sonríen.

—¡Ya lo sabes! —Señalan y hacen gestos de pandilla mientras se alejan de mi escritorio. Pongo los ojos en blanco.

Cuando se van, saco valor y llamo a la puerta de Janette.

—Bueno, parece que les has impresionado —dice.

—No te he dicho cuánto gasté en la cena —digo, haciendo una mueca—. Insistieron en ir al mejor restaurante de sushi de la ciudad y luego pidieron bebida tras bebida y plato tras plato.

—¿Cuál fue el daño? ¿Sabes qué? —Levanta una mano con las uñas color pintadas ciruela que lucen elegantes contra su piel oscura—. Ni siquiera quiero saberlo. Conseguí que firmaran un contrato por dos años, así que todo está bien. Pero la próxima vez que quieran sushi, que te inviten ellos. Ciertamente ganan suficiente dinero.

Me aferro a sus palabras, *que te inviten ellos.*

—Así que... —Inclino la cabeza, tratando de averiguar cómo formular mi pregunta.

—Así que parece que eres mi nueva publicista junior. Enhorabuena.

Le sonrío radiante.

—Gracias. Estoy encantada. Estos chicos son difíciles, pero tengo ideas para ellos. Creo que puedo ayudar realmente a definir su marca y darla a conocer.

—Oh, no tengo ninguna duda sobre la parte creativa. Es el hecho de que hayas sabido manejarlos lo que me ha impresionado. La relación con el cliente es tan importante como el trabajo que hacemos para ellos, y esa es la parte que no estaba segura de que estuvieras preparada para asumir. Pero me equivoqué. —Levanta las cejas y sonríe—. Prepararé un contrato para ti durante el fin de semana. Tu primera tarea el lunes por la mañana será contratarme una nueva asistente. Vas a ser difícil de reemplazar en ese departamento.

Me pongo de pie.

—Gracias. ¿Te parece bien si me voy temprano? Tuve una noche larga con los chicos del skate y estoy agotada.

Inclina la cabeza.

—Bueno, te ves genial, pero claro. Nos vemos el lunes.

Cojo mi bolso de mi escritorio y me voy.

Es hora de ir a mi segundo trabajo. Ese donde respondo ante un ruso autoritario. Subo al ascensor e ignoro la forma en que mis pezones se tensan y arden pensando en él.

En sus órdenes para esta noche.

En quitarme la ropa para él.

Esperando en la cama a que Nikolai llegue a casa y me encuentre esperando.

Desnuda.

Lista.

Húmeda.

❦

Nikolai

La noche de póker más larga de la historia.

Estaba listo para terminar antes incluso de empezar, y ahora que finalmente está concluyendo, apenas puedo contener mi irritación. Para empeorarlo, Dima no vino a Chicago este fin de semana, así que estar aquí se siente especialmente sin sentido.

—¿Cuál es tu prisa? —pregunta Adrian cuando le espeto que se dé prisa.

Oleg le hace señas de que tengo una mujer esperando, o algo así.

—Me gustabas más cuando no hablabas —le gruño, pero al instante me arrepiento, porque sé que a nuestro hermano mudo le cuesta esfuerzo incluso intentar participar en la conversación—. Solo estoy bromeando, tío. —Le doy un ligero puñetazo en el hombro—. Más o menos.

Él niega con la cabeza, luego hace señas: *vete.*

—¿Puedo irme? —Miro a mi alrededor. Él y Adrian casi lo tienen todo controlado.

—¿Por qué no? —pregunta Adrian.

Es joven, pero encaja bien en nuestra célula. Es intrépido y brutal. No tiene miedo de ensuciarse las manos. Y es inteligente. Le pillaron incendiando la fábrica donde tenían prisionera a su hermana, pero desde entonces ha aprendido a evitar cargos criminales. Bajo la dirección de Maxim, se ha convertido en el limpiador de la Bratva. El tipo que entra para borrar todas las pruebas de la escena del crimen.

—Me voy entonces. Gracias, chicos. Os pagaré mañana cuando termine la contabilidad. —Ese es otro inconveniente de no tener a Dima aquí.

Tomo el ascensor hasta el aparcamiento subterráneo. Es la una de la madrugada. Chelle seguramente estará dormida. Mi polla se agita mientras intento adivinar si ha seguido mis instrucciones o no. Es una pequeña chispa de energía, así que no me sorprendería que me desafíe en todo lo que pueda. Aunque, probablemente no querrá ponerme a prueba a la primera.

Aparco debajo del edificio y tomo el ascensor. De repente, tiene sentido por qué me mudé a esta planta. No es que supiera que algo así ocurriría, pero creé el espacio para ello, ¿no?

Mantener a Chelle en mi dormitorio y sacarla delante de todos durante todo el mes habría sido un dolor de cabeza. Los otros chicos lo han conseguido, pero no es mi estilo.

Además, los otros tipos no planeaban dejar marchar a sus mujeres cuando las llevaron al ático. Mi trato con Chelle tiene fecha de caducidad. Lo que significa que no puedo mostrarle nada sobre la organización, o se convertirá en un problema.

Ravil podría tener mis pelotas por esto tal como está. No pedí exactamente permiso.

Abro la puerta de mi piso. Todas las luces están apagadas, pero la sensación es completamente diferente.

No está vacío.

No estoy solo.

Mi polla se agita mientras camino hacia el dormitorio. Entro y enciendo la luz del baño para proporcionar un brillo suave a la habitación. Chelle está de lado mirando hacia la pared, acurrucada como una bolita. Me quedo junto a la cómoda y me quito la chaqueta, los zapatos y el reloj.

Chelle no se mueve, pero sospecho que no está dormida. Me acerco a su lado de la cama y bajo las sábanas lo justo para ver si está desnuda. Lo está. Hermosamente desnuda. Solo lleva una delicada cadena de oro alrededor del cuello con una Estrella de David adornada con diamantes. No se mueve.

Definitivamente está despierta.

Me inclino y beso su hombro desnudo.

—Hola, preciosa.

Abre los ojos, pero mira al frente en lugar de mirarme. Algo se tensa en mi pecho.

Soy un cabrón por hacer este trato.

Acaricio su costado con mi mano. Su piel es tan suave y tersa.

—No tengas miedo, conejita. No te haré daño.

Ahora me mira.

—No tengo miedo. S-solo ha pasado un tiempo. Ya sabes, desde que he tenido...

—No tienes que fingir —la interrumpo, absurdamente complacido de que no haya tenido sexo con nadie en mucho tiempo—. Solo tienes que obedecer. Te diré lo que quiero.

Se gira boca arriba, y yo bajo un poco la sábana para poder ver sus pechos en todo su esplendor.

Ella se da cuenta, pero no la vuelve a subir, su mirada se enreda con la mía y se mantiene así. Contiene la respiración.

Rozo con mi pulgar la punta de uno de sus pezones, y este se endurece. Sus piernas se mueven inquietas bajo las sábanas.

—Pon tu mano entre tus piernas, *zayka*. Muéstrame cómo te tocas. —Bajo las sábanas hasta sus muslos y luego me alejo para darle algo de espacio. De pie al pie de la cama, me desabrocho lentamente la camisa mientras Chelle dobla una rodilla y desliza su dedo entre sus piernas.

Me quito la camisa y luego me saco la camiseta por la cabeza. Chelle se apoya sobre un codo para mirarme. Su mirada recorre mi torso y se detiene en mi cicatriz reciente. Lo último en lo que quiero que se concentre ahí, por varias razones.

—¿Es eso... una herida de bala?

—Sí.

—Parece reciente.

—Lo es. No más preguntas. —Desabrocho mi cinturón y lo saco de las trabillas, luego me quito los pantalones y el bóxer.

Su atención se dirige a mi considerable erección en lugar de a la cicatriz.

Todo para ti, conejita.

—Protección —dice Chelle rápidamente con voz ronca—. Eso debería haber sido un límite inquebrantable.

—Te protegeré —prometo—. ¿Estás húmeda?

Se lame los labios, sus dedos trabajando entre sus piernas.

—Mmm... un poco. Todavía no estoy del todo preparada.

Me acerco y apoyo mis antebrazos en la cama, empujando ambas rodillas hacia arriba y abriéndolas. Doy una larga pasada con mi lengua por su hendidura y luego levanto la cabeza para observar su reacción.

Al no ver más que lujuria en su expresión, deslizo mis manos bajo su trasero para levantarla hacia mi boca, para poder devorar sus dulces pliegues femeninos. Succiono sus labios, los lamo por todas partes, mordisqueo sus labios externos, sus muslos internos. Aprieto y amaso su trasero y trabajo mi pulgar en su sexo mientras le chupo el clítoris.

—Nikolai —jadea—. ¡Oh!

—Mmm —murmuro con satisfacción—. Ahora estás húmeda.

—Sí. —Sus caderas se sacuden bajo mis labios.

—No te corras, Pecas. No hasta que te dé permiso, ¿entendido?

Asiente con el ceño fruncido.

—Vale.

Este no es un juego al que haya jugado antes, pero no soy ajeno al fetiche amo-esclava. No sabía que me gustaba hasta ahora, pero claro, nunca antes había tenido mi propia esclava sexual.

De repente, no estoy seguro de por qué me he negado esto durante tanto tiempo.

Más tarde, otra noche, lameré su dulce sexo hasta que se corra, pero esta noche no puedo esperar más. He tenido los huevos doloridos todo el día, aunque me masturbé viéndola bailar en sujetador y bragas esta mañana.

Me siento y retiro mi pulgar. Chelle me mira con esos ojos dorados. Me gusta tener su mirada clavada en mí de esta manera, tan atenta. Tan presente.

—Date la vuelta, preciosa, y abre las piernas. —Me levanto para coger un condón de la mesita de noche.

Ella se apresura a obedecer, girándose para tumbarse boca abajo y abriendo bien las piernas.

—Buena chica.

Abro el envoltorio del condón y me pongo el preservativo mientras me coloco sobre ella. Paso la palma de mi mano por su trasero. No hay marcas de la azotaina que le di el miércoles. No sé si sentirme aliviado o decepcionado.

Me gustó ver mis huellas en ella tanto como me encantó la manera en que se retorcía y hacía esos dulces ruiditos mientras la azotaba.

Le doy ahora una palmada suave en el trasero, y ella mueve las caderas. Me arrodillo entre sus piernas y froto la cabeza de mi polla en su entrada. Está jugosa, su carne está hinchada y resbaladiza. Acogedora.

Está estrecha, sin embargo, así que voy despacio. Ella gime suavemente mientras la lleno.

—¿Lo sientes, Pecas? —digo, con el cerebro embotado por el placer de entrar y salir de ella.

No es solo la sensación física, aunque eso es increíble. Es toda la situación. Es el hecho de que sea Chelle y que hayamos hecho este trato. Me introduzco más profundo, adquiriendo un ritmo cuidadoso y constante.

—Esta es la polla con la que vas a correrte —le digo—. Pero no hasta que te dé permiso. ¿Entiendes?

No responde.

—¿Tengo que hacer que me llames *amo*, conejita?

—No —jadea ella—. Lo siento. Entiendo.

—Buena chica. —Mi polla se hincha aún más de placer. No duraré mucho.

Empujo más fuerte, pero es tan ligera que la arrastro hacia arriba de la cama con cada embestida. La agarro por la nuca para mantenerla en su sitio. Ella se moja aún más, como si eso la excitara.

—¿Te gusta que te sujeten, Chelle? —pregunto.

Su coño está fundido ahora, deliciosamente resbaladizo pero estrecho.

—¿Mmm?

—Quizás. Creo que sí —jadea. Arquea su trasero para encontrarse con mis embestidas, haciendo que su esbelta espalda se curve de la manera más deliciosa.

Me río entre dientes.

—Creo que sí también. Definitivamente voy a atarte a esta cama, conejita.

Su coño se aprieta alrededor de mi polla.

—Uy, uy. No estarás intentando correrte, ¿verdad?

—Y-yo, oh Dios —se corre.

—Chica mala. —La follo más duro. Más rápido.

Sus dedos se retuercen entre las sábanas. Levanta la cabeza.

—*Sí... sí.* —Suena desesperada, aunque ya se ha corrido. Quizás no la dejé terminar.

Mala suerte. Rompió mis reglas. Ahora solo importa mi clímax. Doy un movimiento brusco con las caderas, golpeando su trasero, penetrando profundamente con una fuerza brutal.

—¡*Blyad*'! ¡*Blyad*'! —grito mientras mis testículos se tensan. Embisto profundamente y lleno el condón con el orgasmo más satisfactorio que he tenido en años. Quizás el mejor de mi vida.

Chelle también se corre, sus músculos internos apretando y pulsando alrededor de mi polla, haciendo que me corra aún más fuerte.

No quiero parar nunca, se siente tan bien. Cierro los ojos y lo saboreo, luego me retiro y vuelvo a penetrarla para exprimir un poco más de placer de ambos.

—La próxima vez que me desobedezcas, voy a follarte ese culito tan mono —gruño, bajando la cabeza para morderle el hombro.

Ella alcanza otro pequeño clímax, y me siento inundado de calidez y afecto hacia ella. Beso el contorno de su cuello mientras me acomodo entre sus piernas por un momento.

Ella emite un suave sonido de satisfacción que parece llenar todos los espacios vacíos de mi corazón.

No sé por qué me importa tanto su satisfacción cuando hice el trato para mí. Pero quizás eso sea mentira. Puede que hiciera el trato todo por ella. Porque ella quería tener sexo conmigo sin que contara. Y quería a su hermano libre de mi control.

Yo soy el que tenía reglas contra aceptar sexo como pago. Yo soy el que quería más que sexo.

Voy a tener que andarme con cuidado. Puede que Chelle Goldberg esté a mi entera disposición, pero soy yo quien está completamente rendido a sus pies.

CAPÍTULO 11

Chelle

Duermo hasta las diez. No estoy acostumbrada a dormir desnuda. Ni a despertarme dolorida y bien utilizada. Todo se siente deliciosamente sucio.

Me estiro en la cama maravillosamente cómoda de Nikolai y miro alrededor. No está en el dormitorio. Oigo ruidos que vienen del salón.

Una parte de mí quiere esconderse aquí en el dormitorio. Quizás volver a dormir y retrasar la incomodidad, pero me siento magnetizada por la presencia de Nikolai. Aunque he traído dos maletas con mi propia ropa, abro sus cajones hasta encontrar una de sus suaves camisetas, me la pongo y camino descalza hacia el salón.

Si durante la noche había olvidado lo que es Nikolai, todo vuelve de golpe. Es devastadoramente sexy, recién duchado y vestido. Está sentado en su sofá con un portátil y fajos de dinero frente a él. Reprimo el juicio y la ansiedad que me provoca su ocupación y me acerco.

—En una escala del uno al diez, ¿cuán ilegal es lo que haces? —pregunto, señalando con la mano el dinero.

Sus sexys labios se curvan.

—Ven aquí. —Me tiende un brazo.

Me acerco, y me atrae a su regazo, sus manos inmediatamente explorando bajo la camiseta. Me retuerzo mientras acaricia uno de mis pechos al mismo tiempo que acaricia mi muslo.

—Estás preciosa con mi camiseta —murmura, marcándome el hombro con los dientes.

Me retuerzo un poco más, excitándome por su obvia atracción hacia mí.

—Iba a insistir en que te quedaras desnuda cuando estuvieras en mi apartamento, pero supongo que te dejaré llevarla puesta por ahora.

Aprieto mis muslos, tanto excitada como ofendida por sus palabras. Todo lo que puedo decir es:

—Mmm...

Nunca consideré que me haría quedarme desnuda. Realmente no sabía qué esperar cuando hicimos este acuerdo. Mi imaginación no podía conjurar mucho más que estar atada o recibir azotes otra vez.

Ambos escenarios me excitan.

La idea de ser forzada a estar desnuda me impacta, pero también me hace sentir húmeda y caliente, así que supongo que a cierto nivel debe gustarme.

—¿Qué te gusta desayunar? Tengo yogur. O huevos. O podemos pedir algo.

—Normalmente como yogur —le digo, deslizándome fuera de su regazo.

Decido actuar como si fuera dueña del lugar en lugar de escabullirme y pedir permiso. Abro su frigorífico y encuentro mi marca y sabor favorito de yogur: griego con trozos de mango.

—Este yogur es genial —le digo mientras lo abro.

Encuentro una cuchara y vuelvo al salón para verlo poner envoltorios al dinero y apilarlo.

—¿Cuánto has ganado? —Me dejo caer en el sofá a su lado.

—Veinte. No fue una gran noche. —Se encoge de hombros—. Y no debería haberte dicho eso. No vuelvas a preguntarme sobre el negocio, ¿vale? Es por tu propia protección. No querrás convertirte en una testigo potencial o en cómplice.

Mi corazón golpea contra mi esternón, esa sensación fría de lucha o huida me invade. No puedo decidir si tengo miedo por mí o por él.

Me mira.

—Está bajo en la escala. —Me doy cuenta de que está respondiendo a mi pregunta anterior—. Apenas ilegal.

Como mi yogur lentamente, saboreando la suave cremosidad.

—¿Cómo entraste en la mafia?

—Bratva.

—¿Qué?

—La *mafiya* rusa se llama Bratva. Por hermandad. Mi hermano y yo fuimos reclutados al salir de secundaria.

—¿Qué es la secundaria? ¿Como la educación media?

La frente de Nikolai se arruga.

—No, es el final de la escolarización. Supongo que lo llamáis instituto.

—¿Cuántos años tenías?

—Diecisiete. —El dinero está apilado, y Nikolai cierra el portátil y se recuesta—. La novia de mi hermano se estaba muriendo de cáncer. Él oyó hablar de un tratamiento. Ya sabes, pensó que podría salvarle la vida. Conseguí que la Bratva nos prestara el dinero. —Se encoge de hombros—. Por supuesto, no pudimos devolverlo. El trato fue por nuestras vidas.

Mi desayuno se hunde al fondo de mi estómago. No sé por qué nunca consideré cómo entró Nikolai. De alguna manera asumí que le gusta el dinero y los coches llamativos y el sexo con muchas mujeres, y por eso hace lo que hace.

Digiero todo lo que dijo.

—¿Así que tú y tu hermano sois gemelos? —Recuerdo al tipo que se parecía a él, excepto por las gafas, en la suite del hotel.

—*Da*.

—¿Cómo se llama?

—Dima.

—¿Y qué pasó con su novia?

—Muerta.

Me lo imaginaba, pero aún me entristece.

—Lo siento.

—Fue hace mucho tiempo. Tiene una nueva novia ahora. Se mudaron hace unos meses, para que ella pudiera ir a la universidad.

Una vez más, Nikolai se vuelve más nítido para mí, más humano. Me doy cuenta de que sonó un poco rígido en la última parte y extiendo la mano para tocar su rodilla.

—¿Es difícil para ti?

No responde por un momento, lo que es respuesta suficiente. Me imagino que en su línea de trabajo no les gusta mostrar debilidad. No es que echar de menos a tu hermano gemelo sea una debilidad.

—Está bien —dice lentamente—. Vuelven la mayoría de los fines de semana, y lo veo en videollamadas. Pero sí, no es lo mismo. —Mira hacia la impresionante vista del lago—. No es tanto que lo eche de menos, sino que... —Se calla y sacude la cabeza, como si quisiera descartar toda la conversación.

Cojo su mano entre las mías. El gesto se siente a la vez impactante y familiar. Quiero decir, tuve sexo con este tipo anoche, pero no somos exactamente íntimos. No somos amantes; solo somos compañeros sexuales. Creo que estoy más sorprendida por mi instinto de cogerle la mano que por cualquier otra cosa.

—¿Qué? —pregunto suavemente, aunque sé que si contesta, si me cuenta sus pensamientos más profundos, nos desviaremos hacia algo más.

Más allá del sexo.

Me mira, esa picardía sugerente en el atisbo de su sonrisa.

—Ahora necesito un hobby.

Mis pezones se endurecen.

—¿Así que soy ese hobby para el mes? —adivino.

Su sonrisa se ensancha, haciéndole parecer más juvenil.

—Exactamente, Pecas. Torturarte será mi entretenimiento.

Burbujas de emoción burbujean y estallan dentro de mí.

—Hablando de eso, ¿le has dicho a Zane que no me debe ningún pago por ahora? Si no, va a estar robando anillos caros a alguna otra chica.

Dudo.

—¿Quieres que se lo diga yo?

—No —digo rápidamente. Zane probablemente se volverá loco por esto—. Lo haré yo. —Llevo mi envase de yogur y la cuchara a la cocina y luego voy al dormitorio para enviarle un mensaje a Zane.

Hice un trato con Nikolai. Ya no tienes que preocuparte por hacer pagos.

Sé que Nikolai dijo "por ahora", pero eso es porque no va a cancelar la deuda hasta que haya completado los treinta días completos. Después de lo de anoche, estoy segura de que no fallaré. El sexo con Nikolai no es ningún sacrificio. Tampoco lo es vivir en su precioso apartamento.

Sí, estoy a su disposición, y probablemente me hará hacer todo tipo de cosas que nunca he probado, pero eso me excita.

Soy el tipo de persona que necesita que le empujen los límites o nunca probaría nada.

No, lo más difícil de pasar un mes bajo el mando de Nikolai será no involucrarme emocionalmente.

Zane llama inmediatamente.

Maldita sea.

Realmente no quiero contestar. No quiero entrar en detalles con él. Pero si no lo hago, seguirá llamando. Contesto la llamada.

—Hola.

—¿Qué has hecho? —El miedo resuena en su voz.

—No te preocupes. Me estoy encargando de las cosas. Tú solo mantén la nariz alejada de la coca y vuelve a encarrilar tus notas.

—*Chelle.* ¿Qué has hecho?

—Hice un trato con Nikolai. Todo está bien.

—*¿Qué trato?*

—No necesitas saber los detalles. No es nada horrible.

—¡Y una mierda! ¡No conoces a estos tipos! Chelle, ¿es sexo? ¿Te has prostitu...?

Termino la llamada, con lágrimas ardientes clavándose en mis ojos. Ahora me siento como una prostituta. Lo que hace un minuto me parecía divertido y excitante ahora se siente vergonzoso, oscuro y sucio.

—Se puso como loco, ¿verdad? —Nikolai está en la puerta del dormitorio, observándome.

Parpadeo rápidamente, tratando de tragarme las lágrimas.

—Sí, bueno. Te tiene miedo.

—No, está furioso. Probablemente pensaría menos de él si no lo estuviera. Dejaré que me dé un puñetazo en la cara cuando lo vea. Me lo merezco.

Las palabras de Nikolai no me hacen sentir mejor. Para nada. Lo miro con desconsuelo.

—Oye. —Cruza la habitación y me busca. Cuando me

abrazo a mí misma con los brazos, pone sus manos en mi cintura e intenta captar mi mirada—. Estás a salvo conmigo. Lo sabes, ¿verdad?

Intento tragar el nudo que tengo en la garganta.

—No eres una prisionera. Puedes irte cuando quieras.

Vaya. Las lágrimas siguen amenazando con derramarse. Aprieto mi mandíbula, tratando de contenerlo todo.

—Mira, por esto el sexo no debería ser una transacción —dice con un suspiro de exasperación—. ¿Te sientes barata?

Una lágrima se derrama por mi mejilla, y finalmente levanto la mirada hacia su rostro. Él la aparta con el pulgar.

—Tú eres la que no quiso invitarme a subir —me acusa.

No puedo evitarlo: una risa acuosa sale de mis labios.

Por un momento, me permito imaginar qué habría pasado si lo hubiera invitado a subir. Pero no puedo. Porque no lo habría hecho. Nikolai no es un tipo con el que realmente saldría, y no hago sexo casual.

Nuestras miradas se encuentran y se mantienen, y las comisuras de los labios de Nikolai se curvan.

—Vamos. Te gusta la idea de ser mi esclava. No hay nada de qué avergonzarse.

El puño apretado bajo mis costillas se afloja. Parte de la sensualidad que sentí como resultado de nuestro trato vuelve a fluir. La gratitud por su capacidad para activar ese interruptor en mí elimina el resto de la vergüenza y el juicio. Alcanzo su rostro y lo bajo hacia el mío, dándole un beso. De repente quiero trepar por él como si fuera un árbol. Para recompensarlo por ser tan malditamente *amable* conmigo durante todo este proceso. Desde el minuto en que irrumpí en su partida tratando de darle mi coche hasta ahora, ha sido cien veces más considerado de lo que esperaba.

Su mano me agarra el trasero mientras me devuelve el beso.

—¿Por qué ha sido eso? —pregunta cuando nos separamos.

—Solo... era un agradecimiento. Porque has sido increíble.

—¿Increíble, eh? —Se desabrocha los vaqueros—. ¿Por qué no me muestras tu gratitud?

Me relamo los labios, volviendo los nervios que tenía anoche mientras me arrodillo frente a él. No es que no sepa cómo hacer una mamada. Claro que sé. Creo que se me da bastante bien. Solo quiero que Nikolai lo piense también.

No tienes que fingir. Sus palabras de anoche resuenan contra los muros que construí para mí misma, y me lleno de aún más gratitud. Agarro la base de su polla y la acaricio.

Su polla se alarga bajo mi agarre, moviéndose para mí. Paso la lengua por su frenillo y luego la hago girar allí.

—Eso es, conejita. Déjame ver esa bonita boca tuya estirarse alrededor de mi polla.

Levanto la mirada hacia la suya y la mantengo mientras separo mis labios y lentamente lo meto en mi boca. Él se estremece, sus testículos tensándose y relajándose, su polla engrosándose y alargándose aún más. Saboreo la sal de su esencia mientras concentro mi succión alrededor de la cabeza y luego lo tomo más profundo, metiéndolo en el hueco de mi mejilla.

—Mmm, eso es muy sexy, Pecas. Te ves tan bien cuando chupas mi polla.

Sus palabras son vulgares, pero me excitan. Intento tomarlo más profundo, hasta el fondo de mi garganta. No soy buena en eso, normalmente tengo arcadas, pero quiero intentarlo. Él se queda quieto, y voy lentamente, trabajando en relajar los músculos de mi garganta para tomarlo más profundo, más profundo.

Cuando levanto la mirada de nuevo, él está ahí conmigo,

observando atentamente como si entendiera que estaba probando mis propios límites. Me aparto un momento para dejar que mi mandíbula se relaje.

—*Ahora* voy a necesitar que te quites esa camiseta. —Me la quita por la cabeza, y luego pellizca uno de mis pezones—. Tienes las tetas más dulces.

Me los cubro con las manos.

—¿Por más dulces te refieres a más pequeñas?

Aparta mis dedos y los mantiene rígidos sobre mi cabeza, sujetándolos juntos con una mano. Con la otra, da dos ligeras palmadas en el costado de uno de mis pechos, como un pequeño azote de castigo.

—Me refiero a perfectas. —Pellizca el otro pezón y lo mantiene aprisionado entre sus dedos, lo que me hace jadear mientras mi sexo se humedece.

Cuando libera mis manos, vuelvo a mi tarea, agarrando su miembro y metiéndolo en mi boca. Giro mi lengua por debajo, luego uso mi mano para bombear mientras lo introduzco y saco, de modo que parece que todo él está dentro. Todo el tiempo, mis caderas ondulan y giran, mi propia excitación creciendo más fuerte con cada porción de placer que le doy.

—Estás tan bonita de rodillas.

Nikolai recoge mi pelo en la parte posterior de mi cabeza y lo usa para empujar mi cara sobre su polla. Ahora él tiene el control, no me queda nada más que seguir su guía. Es degradante, pero me encanta. Me gusta sentirme utilizada por él, un objeto para su placer.

No quiero analizar por qué ni lo que dice de mí.

Los movimientos de Nikolai se vuelven más rápidos, más espasmódicos. Más frenéticos. Me agarro a sus poderosos muslos para mantener el equilibrio, y los siento temblar mientras se acerca al clímax.

—¿Vas a ser una buena chica y tragártelo?

Intento asentir con la polla metida en mi boca, murmurando mi aceptación, aunque nunca he conseguido tragar antes.

Nikolai dice algo en ruso que suena como una maldición, luego deja escapar una retahíla de palabras antes de que sus testículos se tensionen, y se corra. Su semen está caliente y salado al golpear el fondo de mi garganta. Me aparto sorprendida, recordándome relajar mi reflejo nauseoso. Me lo trago y vuelvo a meterlo en mi boca para chupar de nuevo, provocándole otro orgasmo.

Continúa hablando en ruso, acariciándome la cabeza y la mejilla. Luego me agarra por los codos y me ayuda a ponerme de pie.

—Ven aquí, conejita. Sé que tú también necesitas correrte. —Me inclina sobre el borde de la cama y da una ráfaga de azotes a mi trasero.

Todo lo que puedo hacer es soltar gritos de sorpresa mientras la conmoción mezcla placer con dolor.

—Quédate ahí, *zayka*. No te muevas.

Obedezco, con la cara hundida en la suave colcha de su cama. Le oigo abrir un cajón, pero no miro. Hay algo en la anticipación, en no saber qué va a hacer conmigo, que hace este momento aún más excitante.

No puede follarme porque acaba de tener un orgasmo, así que ¿qué será? ¿Qué está planeando?

Regresa y me da unos cuantos azotes más en el trasero, haciéndome saltar y sacudirme. Cuando pasa sus dedos entre mis piernas, escucho la humedad de mi excitación recubriendo mi piel.

Separa mis nalgas y me sobresalto de sorpresa.

—Quieta, conejita —me ordena. Una gota de algo frío cae entre mis nalgas, y lo masajea sobre mi ano.

Mi corazón late con fuerza contra mis costillas. Quiero esto y no lo quiero al mismo tiempo. Es aterrador y excitante. Un objeto metálico frío se presiona contra mi ano.

Me tenso e intento enderezarme, pero Nikolai empuja mi torso hacia abajo de nuevo.

—Relájate, Pecas. Voy a ponerte un tapón en el culo, y te va a gustar. Tengo que prepararte para mi polla.

Todavía no estoy muy segura, pero está aplicando una suave presión en mi entrada trasera.

—Exhala y empuja —me indica.

Contengo la respiración un momento mientras lucho por aceptar lo que está pasando. Pero incluso mientras me resisto, el placer de tener mi ano explorado supera la vergüenza. Me obligo a relajarme y empujar, como él ordenó, y el tapón se desliza hacia adelante.

—¡Oh! Ohhh —gimo mientras me dilata.

—Tómalo, Chelle. —Vierte más lubricante sobre el tapón y me provoca con él, follando mi culo con la punta.

Se siente maravilloso. Horrible y maravilloso. Lo amo y lo odio.

Mi sexo se siente demasiado vacío, y paso mi brazo por debajo de mí para tocarlo.

—Eso es, *zayka*. Juega con ese bonito coño mientras yo juego con tu culo. Tienes permiso para correrte cuando estés lista.

Permiso para correrme.

Ya había olvidado su regla de anoche. La que incumplí.

Mis dedos se hunden en mi sexo sin siquiera intentarlo, estoy tan húmeda e hinchada ahí abajo que parece un territorio desconocido.

Nikolai me folla con el tapón, provocando mi culo con una serie de bombeos antes de empujarlo un poco más profundo cada vez. Dilatándome más con cada embestida.

Gimo, febril con la necesidad de correrme, pero sin estar lista todavía. Tengo que mantenerme demasiado quieta para Nikolai; quiero más en mi sexo. Pero todo se siente tan bien. Tan deliriosamente satisfactorio de la manera más hedonista posible. Nikolai empuja el tapón hasta el fondo, lo que es a la vez un alivio y una decepción, porque quiero más. Pero no ha terminado. Continúa follándome con él, sacándolo y metiéndolo. Hundo mis propios dedos dentro de mi sexo, múltiples dedos. Nunca me he sentido así. ¡Es como un maldito río ahí abajo!

—Por favor —empiezo a suplicar—. Por favor, Nikolai. Oh, por favor.

Gruñe y empuja mis piernas para separarlas más.

—Quita tus dedos. —Su voz ronca me excita aún más.

Aparto mis dedos, y él comienza a dar palmadas en mi sexo, cortas y fuertes sobre mis pliegues, golpeando mi clítoris. Escuecen y satisfacen de una manera que mis propios dedos no habían logrado. Cuando lo coordina con la follada anal, pierdo completamente la cabeza.

Empiezo a suplicar, o quizás a gritar. Definitivamente haciendo ruidos que no puedo controlar.

Nikolai da azotes más fuertes, y grito, luego alcanzo frenéticamente mi sexo con ambas manos, contoneándome sobre mis dedos mientras me corro más fuerte de lo que me he corrido en mi vida.

Cuando termina, casi me desmayo. Estoy mareada, flácida y completamente agotada.

Nikolai me sube al resto de la cama, y me quedo allí con la mente volada por lo que podrían haber sido horas. Tal vez fueron solo minutos.

Realmente no lo sé.

Todo lo que sé es que mi mundo acaba de expandirse de maneras que no creía posibles.

Finalmente logro darme la vuelta sobre mi espalda y abrir los ojos parpadeando.

—Aquí estás. —Nikolai me ofrece un vaso de agua. Me cuesta incluso apoyarme sobre mis antebrazos para beber.

—Eso fue una locura —jadeo entre sorbos.

La sonrisa de Nikolai es presuntuosa.

—Apenas estoy empezando, Pecas.

CAPÍTULO 12

ikolai
Me resulta difícil arrepentirme de mis malas decisiones. Ver a Chelle deshacerse fue un maldito privilegio.

Me ocupo de algunos asuntos mientras Chelle se ducha: pago a Oleg, Adrian y Ravil su parte, y luego pido que nos traigan unos gyros y ensalada griega para comer.

—Necesitas una mesa de comedor —anuncia Chelle cuando llega la comida y la coloco en la barra de desayuno de cuarzo.

—¿La necesito? —Examino el apartamento. Supongo que una mesa de comedor parecía inútil cuando solo vivo yo aquí —. He reorganizado muchas veces, pero nada parecía adecuado —admito, agitando el brazo por toda la sala de estar de concepto abierto—. ¿Dónde la pondría?

—Junto a las ventanas. Sin duda. —Hay un timbre cálido en su voz que hace algo extraño en mi interior.

—Tendrás que elegirla tú para mí —le digo—. Esa es tu próxima tarea.

—Así que tengo tareas, ¿eh? ¿Así es como funciona esto?
—Me encanta el tono coqueto de sus palabras.

—Haces lo que se te ordena. Eso es todo. —Mis palabras son duras, pero mi tono es tranquilo, como siempre.

—Creía que era solo sexo. —Me mira por debajo de sus pestañas. Lleva rímel y un maquillaje ligero, lo que por alguna razón me excita. Quizás porque se ha esforzado por mí.

—Es lo que yo quiera que sea. Ven a comer. —Retiro uno de los taburetes de la barra de desayuno. El diseño de mi suite es similar al ático de arriba, solo que la mitad de grande.

Ella salta sobre el taburete y abre la bolsa de comida.

—No cocinas mucho, ¿verdad? —Abre un recipiente de poliestireno y hace un sonido de aprobación.

—Caliento cosas en el microondas —le digo—. Sé cocinar huevos. Eso es todo. ¿Te gusta cocinar?

De repente deseo haber tenido más tiempo para acosarla en su Echo. Como si me hubiera perdido todas las cosas que componen la vida de Chelle y quisiera ponerme al día.

—Me gusta cocinar —dice—. El brunch es mi favorito.

—Brunch. ¿Qué preparas para el brunch?

Sonríe.

—Ya sabes, comida de desayuno. Frittatas o quiche. O tortitas de ricotta. Ensalada de frutas. Mimosas.

Un sentimiento desconocido se agita en mis entrañas. Algo como celos, lo cual no tiene sentido.

—¿Para quién preparas ese brunch? —Sueno mucho más gruñón de lo habitual.

Se encoge de hombros.

—Zane. O Shanna, mi amiga del Red Room. —Coge el gyro y lo aprieta para darle un mordisco.

Los celos permanecen.

—Mañana me prepararás brunch a mí. —Mi tono imperioso me hace sonar como un completo idiota, pero no puedo evitarlo. Quiero ser el receptor de su atención. De su comida.

Afortunadamente, ella no capta lo capullo que estoy siendo. Eso, o realmente le gusta cocinar brunch, porque se anima.

—De acuerdo. Necesito ir de compras porque no tienes mucho en la nevera.

Asiento.

—Iremos de compras juntos.

—¿Vamos a comprar muebles también? ¿O lo hago yo sola?

Otra desagradable ráfaga de ira me recorre.

—Iremos juntos.

Blyad'.

Identifico el sentimiento. Posesividad. Lo sentí en el Red Room aquella noche cuando el tipo habló con ella en la barra. Ahora estoy enfadado porque dedique su tiempo o atención a alguien que no sea yo.

¿Qué demonios me pasa?

Nunca he sido posesivo con una mujer en mi vida. De hecho, normalmente no puedo esperar a largarme tan pronto como hemos tenido sexo.

No es de extrañar que haya roto todas mis reglas cuando se trata de ella. Hay algo diferente en ella, sin duda. Me ha cautivado. Este malhumor que siento es igual que el que tenía Dima con Natasha. Especialmente porque no creía que pudiera tenerla.

Joder.

Darme cuenta de que estoy en la misma maldita situación me golpea como un puñetazo en el estómago.

—¿Qué? —pregunta Chelle.

Inmediatamente hago que mi expresión sea inexpresiva. Es lo que es. Una transacción. Treinta días por la deuda de su hermano. Chelle no quiere una relación conmigo, ya lo ha dejado claro.

Los celos oscuros retumban de nuevo en la boca de mi estómago.

—Solo estoy planeando todas las formas en las que voy a torturarte, conejita —digo con voz sombría.

Ella deja de masticar y aprieta los muslos como si estuviera excitada.

Y eso hace que todo valga la pena. Al menos ambos veremos nuestras fantasías sexuales realizadas. Hacer gritar a Chelle, aunque sea por poco tiempo, es casi tan satisfactorio como poder quedármela.

CHELLE

—Entonces... ¿qué tengo que hacer para ganarme una clase de spinning? —Me arrastro sobre el regazo de Nikolai para sentarme a horcajadas sobre él mientras está en el sofá. No sé cuándo me convertí en una seductora, pero está tan fuera de mi zona de confort que me siento poderosa y me divierte.

Visitamos un par de tiendas de muebles sin que encontrara nada adecuado y paramos a comprar comida para la semana. Dejé que Nikolai pagara, por supuesto.

Ahora Nikolai y yo estamos en el sofá buscando en línea un conjunto de comedor.

Me agarra el trasero y me frota contra su erección. Por la forma en que se le entrecierran los párpados, estoy segura de que está pensando en docenas de cosas sucias para ordenarme hacer, pero entonces pregunta:

—¿Cuál es el sentido del spinning? ¿Montar en bici bajo techo? No lo entiendo.

—Bueno, hay un instructor y música y toda la energía de la clase para mantenerte motivado. Es divertido.

—Mmm...

No era la respuesta que buscaba. Estoy prácticamente adicta a mi clase de spinning. Dependo del ejercicio y las endorfinas para pasar la semana y mantenerme en forma. En serio, no sobreviviré un mes sin clase de spinning.

Vale, eso es exagerar, pero sería una mierda. Prefiero llegar a un acuerdo con Nikolai.

Pasa un dedo por la cadena alrededor de mi cuello y toca mi pequeño colgante de la Estrella de David.

—Me lo dio mi padre —digo como explicación porque siento la pregunta en su gesto—. Fue un regalo de mi bat mitzvá.

Nikolai estudia mi cara sin comentarios.

—¿Eres religiosa?

Me encojo de hombros.

—No, pero él está muerto.

Nikolai asiente.

—Lo sé.

—¿Lo sabes? ¿Cómo?

—Tu hermano ha estado en mi mesa durante más de un año. Es mi trabajo conocer los antecedentes de mis clientes.

Quiero bufar ante la palabra cliente, pero percibo compasión en la mirada de Nikolai, y eso toca mi punto sensible.

—¿Sabes cómo murió? —El sabor amargo del dolor y la ira persistente recubren mi boca.

Nikolai asiente de nuevo y acaricia suavemente mi mejilla con el pulgar.

—Lo siento, *zayka*. Debe haber sido duro para ti, con tu hermano siendo aún tan joven.

Ay. Lo ha nombrado. Las lágrimas aparecen instantáneamente en mis ojos.

—Sí —me ahogo—. Especialmente... —Me interrumpo porque, bueno, Nikolai es la causa de mi estrés actual con Zane. Por supuesto, es culpa de Zane, pero Nikolai es el problema.

—¿Especialmente ahora? —pregunta, adivinando demasiado—. La adicción a las apuestas de Zane debe ser difícil de ver después de lo que pasó con tu padre.

Un sollozo sale disparado de mi garganta, y me abalanzo para bajarme de su regazo.

Nikolai me agarra por la cintura y me atrae de nuevo hacia él.

—No huyas, Pecas —murmura—. Puedo soportar las lágrimas. Déjame tenerlas.

Es una cosa extraña de decir. No sé si es algo que no se traduce igual del ruso, pero me libera. Le golpeo el pecho mientras me deshago en un desastre histérico. Él atrapa mis muñecas e intenta rodearme con sus brazos mientras yo sigo forcejeando.

Ni siquiera he admitido este terror en voz alta. Que Zane acabará como mi padre, pegándose un tiro en la cabeza por su problema con el juego. Ahora que Nikolai acaba de expresarlo en voz alta, se alza enorme y horrible: el monstruo de las sombras que he estado intentando mantener bajo llave. Esa cosa que he estado intentando mantener a raya para ambos.

Le golpeo el pecho otra vez.

—Es tu culpa —le acuso, aunque no sea cierto.

—No le dejaré volver, ¿vale? Incluso después de que la deuda esté pagada.

Me lanzo contra él, enterrando mi cara húmeda contra su cuello y rodeando sus fuertes hombros con mis brazos.

—Gracias —sollozo, sabiendo perfectamente que el hecho de que Nikolai no permita que Zane vuelva no significa que mi hermano no encontrará otra forma de apostar si quiere.

Zane necesita ayuda.

Más de la que yo puedo proporcionar.

Nikolai acaricia mi espalda con sus manos, de arriba abajo.

—Me pasé la mitad de mi vida intentando mantener a mi hermano con vida cuando él no estaba seguro de querer vivir —dice Nikolai—. Sé lo que es ser el que intenta evitar que el barco vuelque.

—Lo siento. —Muevo mis labios contra la suave piel de su cuello—. Sé que esta mierda es culpa de Zane, no tuya.

—Yo juego un papel —reconoce Nikolai—. Pero tú eres inocente. No es justo hacerte pagar.

Levanto la cabeza, limpiándome las lágrimas con el dorso de la mano.

—Eres una buena persona, Nikolai. Para ser un tipo malo.

Aparece un triste fantasma de sonrisa alrededor de su boca. Como si estuviera de acuerdo en que es el malo, pero no quisiera serlo.

Se encoge de hombros.

—Intenté ser bueno. Pero eras demasiado tentadora. — Sus manos acarician mi espalda y se posan en mi trasero, donde da un ligero apretón.

Me acurruco en su cuello y lo beso allí. Besos ligeros que, como darle la mano, se sienten a la vez sorprendentemente íntimos y fáciles. Beso su mandíbula, su sien. Me muevo sobre su polla. Estoy dolorida por lo de anoche y el tapón anal de esta mañana, pero podría hacerlo de nuevo fácilmente. Este acuerdo, o tal vez sea el propio Nikolai, me ha convertido en alguien que apenas reconozco. Una hedonista lasciva que tiene el poder tanto de seducir como de rendirse.

—Entonces, sobre esa clase de spinning —ronroneo en su oído mientras ondulo sobre su regazo.

—Tendrás que ganártela —murmura, quitándome la camiseta por la cabeza—. Lo estás haciendo muy bien, pero aún no has llegado.

Me balanceo sobre su erección como si ya estuviera dentro de mí.

—¿No? —Hago que mi voz sea de terciopelo—. ¿Qué haría falta?

Me desabrocha el sujetador y me lo quita.

—Te estás acercando. Pero aún llevas ropa. ¿Por qué es eso?

Me deslizo hacia atrás desde su regazo y me quito los vaqueros y las bragas mientras él se desabrocha los pantalones y saca un condón del bolsillo trasero.

—Porque me habrían arrestado si hubiéramos ido de compras desnudos —digo y extiendo los brazos—. Problema resuelto.

—Te quiero desnuda en mi apartamento —dice mientras me siento a horcajadas sobre su cintura—. O casi. —Toca la estrella de mi garganta—. Te habría hecho llevar mi collar, pero no quiero interferir con eso.

Hago una pausa mientras digiero eso: la inesperada excitación de oírle decir que quiere ponerme un collar como a una mascota, así como su consideración por mi tributo a mi padre. Me lanzo sobre él de nuevo, besando su boca, mi lengua entrelazándose con la suya mientras él se pone un condón y sostiene su polla firme para que yo me hunda sobre ella.

—Eso es, *zayka*. Olvídate de tu clase de spinning. Puedes montarme a mí.

Me río y reboto arriba y abajo sobre su polla, adorando lo poderosa y sexy que me siento. Lo interesante y admirada.

Nadie me ha hecho sentir así antes.

Me encanta, y me destruye al mismo tiempo.

Porque tengo que recordar que esto no es real. Son treinta días para la libertad de Zane.

Nikolai es un mujeriego, y esto no es real.

Eso no significa que no pueda disfrutarlo mientras esté aquí.

Nikolai sujeta mi cintura y me ayuda cuando me fatigo.

Cierro los ojos, dejo caer la cabeza hacia atrás para que mi largo cabello roce mi columna y simplemente disfruto de las deliciosas sensaciones.

Después de alcanzar un pico, ralentizamos nuestro ritmo, y cambio a una ondulación más circular de mis caderas, frotando mi clítoris contra su entrepierna. Respiramos juntos. El tiempo se ralentiza. Tal vez se detiene. Estamos suspendidos en este lugar de placer carnal. Nikolai pellizca uno de mis pezones, girándolo y tirando de él entre sus dedos y, de repente, lo lento no es suficiente. Lo monto con ganas, como si mi vida dependiera de alcanzar ese clímax.

—No te corras hasta que te dé permiso —me recuerda.

—Eres malo —jadeo, acercándome. Tan cerca.

—Ten cuidado, o no te dejaré correrte en absoluto.

—Malo —repito. Tal vez lo estoy provocando un poco. Me encantó de alguna manera ese azote que me dio la noche que me emborraché en el Red Room. Dolía, pero era excitante.

Puedo notar que él se está acercando porque no responde. Tiene la boca abierta, la mandíbula ligeramente hacia delante.

—Eres sexy cuando eres malo —admito.

Me pellizca ambos pezones a la vez, con fuerza, y grito, empezando mi orgasmo.

Nikolai agarra mis caderas y empuja hacia arriba dentro de mí al mismo tiempo que me tira hacia abajo, llegando más profundo de lo que habría creído posible. Repite la acción una y otra vez y luego grita algo en ruso y se corre. Alcanzando entre nosotros, frota mi clítoris con su pulgar y el resto de mi clímax se desmorona, mis músculos haciendo espasmos alrededor de su gruesa polla, ordeñando el resto de su semilla en el condón.

—Oh, *Dios mío* —jadeo, moviéndome lentamente sobre su

miembro, arqueando mis pechos hacia su rostro en cada movimiento.

—Has roto la regla. —Los ojos azules de Nikolai son cálidos, su sonrisa sexy como el infierno—. No hay clase de spinning para ti.

Dejo de mover las caderas y abro la boca de par en par en señal de protesta.

Me da una ligera palmada en el costado del trasero.

—*Soy* malo.

—¿No hay clase de spinning nunca o solo esta tarde?

—Depende, Pecas. Tendrás que demostrarme lo buena chica que puedes ser.

Hago un puchero.

—Quizás no quería ser una buena chica.

Él se ríe y me levanta de su regazo.

—Eso es lo que sospechaba. —Se quita el condón y se levanta. Alargo la mano hacia mi ropa, pero me detiene con un tajante—: La ropa se queda fuera. —Mientras camina al baño para tirar el condón.

—¿Y si tengo frío?

—No lo tendrás. Ven aquí, conejita. —Toma mi mano y me lleva al extremo del sofá, donde empuja mi torso hacia abajo.

—Espera, no... —digo cuando me doy cuenta de lo que pretende, pero es demasiado tarde. Su mano cae sobre mi trasero desnudo con una sonora palmada.

—¡Ay! —chillo.

No se detiene. Me propina una docena de rápidas palmadas mientras bailo en el sitio, luego se detiene y me frota el trasero.

—¿Es esto lo que querías, Pecas?

—No —digo enfurruñada, aunque sí lo es. El ardor de sus palmadas ya se está transformando en calor y hormigueo entre mis piernas.

—Estás mintiendo. —Me da unas palmadas más.

Me río con un "ay" y me pongo de puntillas, aliviada cuando se detiene una vez más para masajear y aliviar el escozor.

Se inclina y me muerde el costado de la cintura.

—Eres tan condenadamente adorable. —Me da una palmada más—. Vamos a preparar la cena. Puedes ponerte mi camisa, pero solo mi camisa. No puedo esperar a ver cómo piensas utilizar todos esos comestibles.

CAPÍTULO 13

*N*ikolai
—Corta estas para la salsa de aceitunas y alcaparras —me indica Chelle, volcando un puñado de aceitunas de un tarro sobre la tabla de cortar.

Saco un cuchillo del cajón y empiezo.

—Ni siquiera sé qué significa eso —admito—. ¿Cuántas rodajas?

—¿Qué?

—¿Cuántas rodajas? ¿Por cada aceituna?

Se ríe.

—No sé, todas las que puedas sacar. Realmente no importa. —Se mueve rápidamente por mi cocina, cogiendo cosas del frigorífico, encendiendo el horno.

Saboreo la sensación de tenerla aquí.

Las cocinas son el corazón de un hogar. Nuestra madre mostraba amor desde la cocina. Arriba, en el ático, la cocina es el centro de la suite. Es donde todos se reúnen, donde nuestras vidas se entrelazan de manera ajena a la Bratva.

Y eso sigue siendo cierto, pero la forma en que me sentía

al respecto había cambiado después de que Dima se marchara. Después de que todos menos yo se emparejaran.

Se había convertido en un lugar que evitaba en vez de uno al que me sentía atraído.

Pero ahora mi cocina tiene esa sensación. No esa sensación de alienación. La sensación de hogar.

Chelle puede ser pequeña, pero es una poderosa fuerza de la naturaleza. Llena el espacio con su personalidad.

Quiero renegociar nuestro trato. Hacer que se quede más tiempo. Que acepte mudarse y alegrar mi cocina por el resto de su vida.

—Necesitamos algo de música —me dice.

A pesar de haber tenido ya dos orgasmos hoy, mi miembro se endurece de nuevo, recordando cómo bailaba en sujetador y bragas en su casa.

Enciendo mis altavoces y cojo su teléfono.

—¿Tienes alguna lista de reproducción que te guste?

Su sonrisa casi me hace caer al suelo. Amplia. Generosa. Agradecida.

—Déjame verlo. —Extiende su mano.

En lugar de ofrecérselo, me coloco justo a su lado, poniendo un brazo detrás de su espalda y mostrándole la pantalla para que desbloquee el teléfono y busque su lista.

—Gracias —digo cuando la encuentra, y voy a sus ajustes para sincronizar—. Además, ahora conozco tu código.

Es la culpa lo que me hace decírselo. Ella no sabe que la espié en su propia cocina. Que hice que Dima realizara una investigación completa sobre ella. Al menos debería saber que soy el tipo de persona que memoriza contraseñas cuando las usan delante de mí.

Me lanza una mirada desde el otro lado de la cocina, pero la música ya ha comenzado, y puedo ver cómo se apodera de ella. Hay un pequeño movimiento de cabeza. Un ligero rebote en sus hombros.

—¿Debería preocuparme? —Ralla la cáscara de un limón en un plato.

—Probablemente —le digo, volviendo a mi tarea en la tabla de cortar—. Mi hermano es uno de los mejores hackers de Rusia. Tiendo a asumir que cualquier información es asunto mío, ya que puedo acceder a ella.

—¿Dima?

Me gusta que recuerde su nombre. Corto todas las aceitunas y las pongo en un cuenco pequeño para ella.

—Dima. Es el más peligroso de todos nosotros, a su manera silenciosa.

Parece interesada.

—Entonces, ¿podría hackear, por ejemplo, mi correo electrónico? —Corta el limón pelado por la mitad y exprime el jugo en una taza medidora.

Hago un sonido de burla.

—En unos cinco minutos.

—¿Así es como supiste lo de mi padre?

No tengo especial interés en hablar de esto, pero se merece la verdad.

—De la investigación digital, sí.

—Eso es... espeluznante. —Veo un escalofrío recorrer su espalda—. ¿Hasta qué punto está organizada vuestra organización?

—No voy a hablar de eso contigo, ¿recuerdas?

Ella asimila esto.

—Supongo que simplemente... bueno, parece más grande de lo que pensaba antes. Debería haberlo relacionado con este edificio y todo lo demás.

Cambio de tema.

—Entonces, ¿qué pasa con tu madre? ¿Por qué no está aquí ayudándote con Zane? —Sabía por la investigación de Dima que su madre se había vuelto a casar y vivía en Dallas, pero nada más sobre ella.

Pone los ojos en blanco.

—A mi madre no le importa nadie más que ella misma.

—Lo siento.

Se encoge de hombros.

—Es lo que hay. Nos dejó cuando yo tenía diez años y Zane seis. Se volvió a casar y se mudó a Texas. Fin de la historia.

De repente entiendo por qué Chelle está tan decidida a enfrentarse al mundo por sí misma. No ha podido confiar en las personas de su vida que deberían haberla apoyado.

Experimento una fuerte necesidad de ser el tipo con el que ella pueda contar, pero incluso mientras el deseo me invade, sé que no lo aceptaría. No me quiere y no confía en mí. Solo quería sexo si cumplía con un trato.

—¿Qué puedo hacer ahora? —pregunto.

—Saca la bolsa de espinacas, uvas y cebolla roja de la nevera para la ensalada.

—¿Esto va junto? —Saco los ingredientes y un bol para mezclar.

Lo mira con desagrado.

—¿No tienes una ensaladera?

—Acabo de mudarme, ¿recuerdas? Puedes pedirme una de esas también.

Esto me gana una sonrisa.

—Sí, necesitas muchas cosas para la cocina.

—Lo que necesites —le digo.

Me lanza una mirada que no acabo de descifrar, pero su teléfono suena, interrumpiendo nuestra música. Se tensa cuando ve la pantalla, lo que provoca que una violenta corriente de alerta recorra mi cuerpo.

—Hola Zane.

Me obligo a destensar los puños. Solo es su hermano. Nadie a quien matar.

Zane está hablando lo suficientemente alto como para que le oiga a través de su teléfono.

—¿Dónde estás?

—¿Por qué?

—¿Dónde estás, Chelle? Tienes que decírmelo.

—¿Qué pasa, Zane? —Se da la vuelta, dándome la espalda, lo que me molesta más de lo que quiero admitir.

—Necesito saber dónde estás.

—Estoy en casa de Nikolai. ¿Cuál es tu problema?

—¿En su apartamento?

—Sí. Su precioso apartamento. Estamos preparando la cena: pollo con alcaparras y aceitunas. Estoy bien. Todo está bien —dice firmemente—. Te dije que no te preocuparas por mí.

O Zane se queda en silencio, o está hablando demasiado bajo para que pueda escucharlo ahora.

No, estaba en silencio porque le oigo murmurar algo que no puedo entender, y luego ella aleja el teléfono de su oído para mirar la pantalla y sacude la cabeza.

Se vuelve y me mira a los ojos.

—Zane ha perdido la cabeza.

—¿Qué ocurre? —Estoy tenso. Hay una sensación de advertencia recorriéndome la columna, pero no sé cómo interpretarla. Chelle no está en peligro por culpa de su hermano.

Tal vez yo sí.

Bueno, eso está bien. Puedo manejar a Zane, siempre que lo vea venir. No puede entrar en el edificio sin mi permiso, y estoy protegido en los partidos. No sabrá dónde más encontrarme, a menos que Chelle le dé alguna pista.

—No lo sé. Estaba exigiendo saber dónde estaba yo. Y luego maldijo y colgó.

—Puede que quiera matarme —lo digo con suavidad, pero sus ojos se abren como platos. Mira de nuevo su teléfono y sus pulgares comienzan a volar sobre la pantalla mientras le escribe algo.

Decido no ser un capullo y pedirle ver lo que escribe.

La alarma del horno suena y ella da un respingo, luego saca el pollo usando un trapo de cocina.

—Necesitas guantes de horno —me dice mientras coloca la bandeja encima de la cocina.

—Pide lo que quieras —le digo de nuevo. Ella se mueve de un lado a otro terminando de preparar la cena, con aspecto tenso e infeliz.

Pongo la mesa y ayudo con la ensalada.

—Oye. —Apoyo mis manos suavemente en su cintura desde atrás—. No te preocupes por Zane. Yo me encargaré de él.

Asiente, pero no se da la vuelta.

Quiero arreglarlo, pero no puedo. Yo soy quien decidió usar a la hermana de alguien para saldar su deuda. El trato fue podrido desde el principio. Por supuesto que todos sufriremos las repercusiones.

CAPÍTULO 14

*C*_{*helle*}

helle
    Después de cenar, Nikolai me dice que me ponga algo de ropa.

—¿Vamos a algún sitio?

—Sí. Vamos al lago, así que abrígate bien.

Una sensación de calidez y algo más, tal vez emoción, recorren mi cuerpo. Voy a su dormitorio para ponerme unos vaqueros y un jersey calentito. Esto no debería ser tan divertido. Jugar a la casita con Nikolai.

El sexo. Preparar la cena juntos. Ahora un paseo por el lago. Se siente romántico y dulce. Como si fuera mi novio, no un tipo al que le vendí mi cuerpo y alma durante el próximo mes.

¿Está intentando... cortejarme?

No, es ridículo. ¿Por qué lo haría? Aunque cuando repaso todo lo que ha pasado entre nosotros hasta ahora bajo esa perspectiva, casi encaja.

Me llevó a casa desde el Red Room, pero se negó a acostarse conmigo. Como un caballero. No quiso aceptar mi coche. También muy galante. Me dejó recuperar el anillo a cambio de un solo beso. Salió a cenar conmigo, lo cual fue un gran favor que le pedí, considerando que no teníamos ninguna relación. Y luego quería que le invitara a subir.

Esa es la prueba más condenatoria que tengo.

Quería que le invitara a subir, pero me negué, lo que pareció herirle. Y entonces me ofreció este trato.

Mi pulso se acelera mientras considero todos estos hechos.

¿Será que a Nikolai realmente le *gusto*?

¿Para algo más que sexo?

La idea me emociona, incluso mientras levanto una docena de barreras alrededor de mi corazón. No puedo involucrarme con Nikolai.

Por muy increíble que sea el sexo, y por mucho que me fascine, jamás, jamás saldría con un tipo de la *mafiya* rusa.

Es decir, nunca, nunca, nunca.

Ya fue bastante malo que mi padre fuera un jugador, pero al menos eso era legal. Nunca podría aliarme con alguien que hace cosas que no lo son. Alguien que opera desde la violencia.

No. Nikolai es un hombre peligroso en una organización aún más peligrosa.

No hay manera de que pueda siquiera considerar emocionarme por el hecho de que quizás le gusto.

Por supuesto, los revoloteos y el calor que recorren mi pecho no esperan permiso para existir. No puedo controlar mi propia atracción hacia Nikolai.

Cojo mi chaqueta y salgo del dormitorio. Cuando recojo mi bolso, Nikolai me lo quita del hombro y lo deja en el suelo.

—No lo necesitarás. —Me toma de la mano—. Vamos.

Intento apagar los revoloteos mientras tomamos el ascensor hasta la planta baja, pero se niegan a obedecer. Mi cuerpo cobra vida con la cercanía de Nikolai. Mis terminaciones nerviosas hormiguean por estar cerca de él. Por respirar el leve aroma de su jabón y su loción de afeitado.

Salimos en la planta baja y caminamos hacia el vestíbulo. El mismo tipo tatuado está en la recepción, como la primera vez que vine al Kremlin.

—¿Nunca tienes una hora libre por aquí? —Finjo que somos amigos, y que no lloré, supliqué y me le subí encima como si fuera un árbol la última vez que le vi.

Sonríe.

—Mi turno acaba de empezar. —Su mirada se desliza entre Nikolai y yo con interés—. Soy Maykl.

Nikolai gruñe algo en ruso, y él borra la sonrisa de su cara.

—Soy Chelle. —Le tiendo la mano.

Maykl mira a Nikolai sin hacer ademán de tomarla.

—¿Qué le has dicho? —exijo saber.

—Le dije que no coqueteara contigo o su lengua acabaría como la de Oleg —murmura Nikolai.

Mi sonrisa se ensancha, y extiendo mi mano aún más.

—Puedes estrechar mi mano —le digo a Maykl—. Nikolai ya es mi dueño.

La risa de Nikolai suena involuntaria.

Tan pronto como Maykl ve la sonrisa, me estrecha la mano y aprieta demasiado fuerte.

—Ay. —Agito los dedos cuando me suelta—. Eres más fuerte de lo que crees.

—Presumido —gruñe Nikolai—. Tócala otra vez, y mueres.

No puedo detener la cascada de placer que me recorre ante la posesividad de Nikolai. Tenía razón.

Le gusto.

Le agarro del codo como si estuviéramos en una cita formal y le sonrío mientras me conduce fuera de las puertas de cristal hacia la acera.

Su sonrisa es cálida. Me guiña un ojo, y yo sonrío como una lunática.

—No vuelvas a subirte encima de él —dice, y estallo en carcajadas.

—¿No te gustó eso? Estaba intentando verte.

—Estabas intentando recuperar tu anillo —refunfuña.

—Te llevaste un beso a cambio. —Le recuerdo, y su sonrisa afectuosa regresa—. Y algunos manoseos ligeros, que prácticamente hicieron temblar mi mundo, debo confesar.

Ahora la sonrisa viene con dientes. Nikolai se detiene y tira de mi cuerpo contra el suyo, rodeando mi espalda con su brazo. Me quedo sin aliento, alzando mi rostro hacia el suyo. Su mano se desliza hacia mi trasero como lo hizo durante ese beso.

—Vamos a repetirlo, entonces —murmura mientras baja sus labios a los míos.

Está oscuro, y la acera está casi vacía. Su cuerpo bloquea el viento frío que viene del lago, y su aliento es cálido en mi cara. Acaricia mis labios con los suyos suavemente una vez. Al instante estoy ardiendo, mi cuerpo ahora le pertenece completamente. Busco su rostro y le devuelvo el beso, mi lengua forzando la separación de sus labios. Aprieta y amasa mi trasero con una mano, luego añade la otra. Rodeo su cuello con mis manos y salto para montarme a horcajadas sobre él.

Se ríe contra mis labios.

—¿Puedo subirme encima de ti, entonces?

—Justo donde te quiero —declara y me besa hasta que me mareo.

Suenan voces desde detrás de él, y me devuelve al suelo con un quejido.

—Mañana no te dejaré salir de mi cama ni un solo minuto.

—Venga ya. —Vuelvo a entrelazar mi brazo con el suyo—. Me tienes durante todo un mes.

Su sonrisa se desvanece y parte del calor abandona sus ojos. Mira hacia delante en lugar de hacia mí mientras caminamos y mi estómago se tensa.

Nikolai quiere más que este acuerdo.

Ya lo había deducido antes de bajar las escaleras, pero su cambio de humor lo confirmó.

Debería decírselo ahora... explicarle por qué no puedo hacer esto de verdad.

Pero no consigo hablar. No quiero pronunciar esas palabras. Estropear aún más lo que fue un momento mágico.

Cuando llegamos a la orilla del agua, Nikolai se detiene en un estante de bicicletas de alquiler y saca su tarjeta de crédito.

—¿Qué estás haciendo? —exijo.

—Te perdiste tu clase de spinning. Pensé que podríamos dar un paseo por la orilla del lago.

—Oh, no. ¡No podemos! No soy una ciclista de calle —digo inmediatamente.

Él arquea una ceja mientras completa la transacción para la primera bicicleta.

—No lo entiendo.

—Quiero decir que montar al aire libre donde hay gente y leyes que hay que seguir es algo totalmente diferente. Sería peligroso.

Baja el sillín de la bicicleta que ha desbloqueado y enciende el faro delantero.

—Te mantendré a salvo —promete, como si el peligro fuera que alguien nos atacara, y no que yo me estrellara contra un poste o me cayera de cabeza. Empuja la bicicleta hacia mí, y la acepto con reticencia.

—¡No puedo montar en bicicleta en la oscuridad! —protesto.

—Claro que puedes. Confía en mí, *zayka*. Será divertido. —Termina de desbloquear la segunda bicicleta y pasa su pierna por encima. —Vamos, iremos despacio. —Enciende su faro.

—¡No tenemos cascos!

—Chelle. —Dice mi nombre tan suavemente que tiene el efecto de calmarme y captar mi atención. Sostiene mi mirada —. Será divertido.

No tengo más remedio que creerle. Me subo a la bicicleta y empiezo a pedalear, controlando el tambaleo bajo mi cuerpo.

Nikolai se me adelanta, con una amplia sonrisa en su rostro.

—Mantén el ritmo, Pecas —me dice por encima del hombro.

—Oh, esto es la guerra —replico, apretando con fuerza los pedales para alcanzarle.

La risa de Nikolai se transporta en el viento, y me coloco a su lado. Me guía hacia la acera que recorre la orilla del lago. Durante el día, suele estar llena de gente, pero a esta hora de la noche, no hay nadie. Tenemos toda la pasarela para nosotros solos. Las nubes se apartan, revelando una luna blanca y brillante que crea un largo y continuo reflejo en el agua.

A medida que mi ansiedad por chocar con alguien o caerme en la oscuridad disminuye, la perfección de todo se filtra en mí. El viento en mi cara y en mi pelo. La risa de Nikolai. La sensación de velocidad, la belleza del lago.

Mi cuerpo se activa. No tiene nada de sexual, pero el placer físico se apodera de mí de igual manera. Me froto contra el sillín de la bicicleta como si fuera mi vibrador, aumentando las sensaciones.

—Tenías razón —le digo a Nikolai, con risa en mi voz.

Él me lanza una sonrisa.

—¿Te estás divirtiendo?

—Muchísimo.

Es verdad. No recuerdo haberme sentido tan libre. Tan feliz. Nunca me dejo llevar. Tengo que controlar cada aspecto de mi vida, hasta cuándo y cómo podía tener sexo con Nikolai.

¿Este paseo en bicicleta? Es libertad.

Libertad de restricciones. De mi mente loca intentando que todo salga perfecto y atado con un lazo, lo que nunca ocurre.

Nikolai me está mostrando algo mucho más grande que un paseo en bicicleta junto al lago. Algo sobre la vida.

Sobre el amor.

Espera, no. No, no, no. No estoy enamorada.

No puedo enamorarme.

Sin embargo, incluso mientras mi mente protesta, mi cuerpo navega libre. Exultante con las sensaciones del gozoso paseo en bicicleta.

En compañía del hombre que pedalea a mi lado.

La gratitud fluye hacia él por traerme aquí. Por mostrarme esto. Por hacerme salir de la seguridad de mis controles y limitaciones.

Me froto de nuevo contra el sillín, dejándome llevar completamente. Masturbándome en un sillín de bicicleta bajo la luz de la luna.

Llego al orgasmo. No un gran orgasmo. Más bien como una pequeña onda, pero se siente como un símbolo de éxito. Me dejé llevar y no ocurrió nada terrible. De hecho, hubo una recompensa.

CAPÍTULO 15

Nikolai

Después del sexo matutino y el brunch con champán de Chelle el domingo, me siento como un rey.

No, más bien como si hubiera renacido. Durante los últimos cuatro años, mi célula Bratva era todo mi mundo. Ravil era el dictador más benevolente: omnisciente, generoso, inclusivo. Vivir todos juntos en la planta superior de este edificio lo era todo para mí.

Cuando las cosas cambiaron, perdí mi camino. Mi identidad. La razón para vivir.

Ahora, con este lugar, con Chelle correteando desnuda cumpliendo mis caprichos, siento que la vida ha vuelto a comenzar.

—Ven aquí, Pecas. —Deslizo el taburete y lo giro para que quede orientado hacia fuera de la barra de desayuno—. Súbete aquí. —Le doy una palmadita.

Ella se acerca, con los pezones erguidos y duros. La agarro por la cintura y la subo al taburete.

—Buena chica.

Su mirada es a la vez interesada y cautelosa. Sin embargo,

confía en mí. Cada vez más. Y me encanta cómo se siente esa confianza.

Estaba perdido antes de que ella llegara. Vacío. Sintiendo que no tenía un propósito real en la vida. Ahora lo he encontrado. Es excitar a Chelle. Ganarme su confianza. Verla florecer como la flor más exótica y delicada.

Cojo un trozo de cuerda y lo envuelvo alrededor de sus pantorrillas, atándolas a las patas del taburete, de modo que sus rodillas quedan abiertas, exponiendo ante mí el dulce corazón rosado de su sexo. Se retuerce en el asiento.

Atrapo su mirada.

—¿Excitada?

Asiente.

—Es una lástima porque hoy te haré esperar. No me desobedezcas y te corras sin permiso esta vez, o habrá graves consecuencias.

—No creo que pueda evitarlo —se queja.

—Entonces, por favor, ponme a prueba —la desafío y veo cómo su garganta se mueve al tragar.

Se ve hermosa, con su cabello castaño cayendo sobre sus hombros, su rostro sonrojado, sus bonitos labios entreabiertos. Su lengua asoma para humedecerlos, y tengo que reacomodarme el paquete.

Enrollo la cuerda alrededor de sus costillas y cintura, atándola al respaldo del asiento, pero dejando sus pechos libres para jugar con ellos.

—Dame tus muñecas —ordeno desde detrás de ella. Duda, luego sostiene sus brazos hacia atrás para que pueda agarrarlos y atarlos juntos.

Camino hacia el frente y examino mi trabajo.

Es jodidamente mortal.

Quiero decir, está tan caliente que el apartamento corre peligro de combustión.

Saco mi móvil para tomar una foto, y ella se asusta.

—¡Límite inquebrantable! —grita inmediatamente, tirando de las ataduras—. Nada de fotos. Lo digo en serio, Nikolai.

—De acuerdo, Pecas. —Tiro mi móvil sobre la encimera para calmarla—. Nunca la compartiría, ¿es eso lo que temes?

—Límite inquebrantable. —Es todo lo que puede decir, pero la profundidad de su reacción me hace pensar que hay algo más.

—Mmm... —Me acerco a ella con paso lento y le pongo un nudillo bajo la barbilla para levantarla—. ¿Qué ocurrió?

Ella lucha contra las ataduras de nuevo, y deslizo mi mano bajo su pelo para agarrarle la nuca.

—Tranquila, Pecas. No quiero que te lastimes. —La miro fijamente, masajeando su cuello y esperando hasta que su respiración se profundiza—. Obviamente estás a mi merced aquí.

Cojo el frasco de aceite de menta que compré para la ocasión y unto un poco en cada uno de sus pezones, luego lo extiendo con movimientos circulares para frotarlo.

Me mira parpadeando, luego arrastra su labio inferior entre los dientes con un siseo cuando la quemazón comienza a sentirse.

—Te hice una pregunta. —Mantengo mi tono casual y conversacional, rodeándola sin permitir que mis dedos se aparten de su cuerpo.

Se retuerce en su asiento.

—Hay una historia detrás de las fotos, puedo notarlo.

Su vientre se hincha y se contrae con una respiración profunda.

—¿Cómo lo sabes?

Sonrío.

—No contestes una pregunta con otra pregunta, *zayka*. — Pellizco uno de sus pezones y lo mantengo apretado entre mis dedos hasta que jadea. Lo suelto—. Háblame. Quiero saber qué pasó.

—Rob Sharke —jadea.

Me coloco frente a ella y deslizo mis manos arriba y abajo por sus muslos, apretando de vez en cuando.

—¿Compartió fotos tuyas?

Asiente.

—Fue mi novio en el instituto. Bueno, yo creía que era mi novio. Solo intentaba acostarse conmigo, un completo mujeriego. Me llevó al baile de graduación. Me acosté con él. —Se encoge de hombros—. Rompió conmigo la semana siguiente.

Ahora entiendo por qué odia a los mujeriegos. Odio que me haya metido en el mismo saco que ese imbécil, pero lo entiendo. Por eso tuvo que ser arrastrada al sexo con un contrato y una fecha límite. Ahora tiene miedo de entregarse libremente porque antes se aprovecharon de ella.

Siento que la chispa de la venganza se enciende en mis entrañas. La necesidad de hacer daño a ese imbécil por ella.

—¿Y las fotos? —hay un tono peligroso en mi voz.

Asiente.

—Lo has adivinado. El verano siguiente descubrí que todos los chicos del instituto las habían visto. Al menos ya me había graduado, pero nunca me he sentido tan violada.

Me enderezo.

—Dime dónde encontrarlo y le romperé los dos brazos.

Suelta una risa incrédula.

—Estás loco.

—Perfectamente cuerdo. Y muy peligroso cuando me enfado de verdad. Dame un nombre y pagará por sus crímenes contra ti.

Niega con la cabeza.

—Eso está mal, Nikolai. —Aun así, puedo ver que le gusta. Todavía hay una sonrisa jugando en las comisuras de su boca y la calma vuelve a su cuerpo.

—La oferta sigue en pie. —Vuelvo a pellizcar sus pezones.

Luego cojo el pequeño vibrador de bala que también compré y lo deslizo entre sus piernas. Me muevo lentamente, haciendo que lo observe y que se retuerza con anticipación. Lo coloco entre sus labios íntimos, justo contra su clítoris, y ella gime.

—¿Te gusta eso, conejita?

Gime más fuerte.

Sostengo suavemente su garganta, trazando mi pulgar por la parte delantera.

—Responde a mi pregunta, *zayka*.

—Sí.

—Bien. —La dejo así y camino detrás de ella, fuera de su campo de visión.

—¿Nikolai?

No respondo.

—Espera, ¿qué estás haciendo? —Un hilo de pánico resuena en su voz.

—Dejándote a fuego lento —respondo—. Recuerda que no tienes permiso para correrte.

—¡Dios mío! —gime—. Esto es una locura. No puedes hacerme esto. ¿Nikolai?

—Pórtate bien —le advierto.

Me voy a lavarme las manos con jabón para asegurarme de que no queda aceite de menta antes de pasar a la siguiente fase de mi plan. Pongo su canción favorita, "Low", o al menos la que bailó en su cocina porque ahora se ha convertido en mi favorita.

Cuando camino hacia su frente, está en un estado de semitrance, con la cabeza ladeada y las pupilas dilatadas. Mueve las caderas lentamente hacia adelante y hacia atrás sobre el vibrador, pareciendo el caramelo más hermoso que jamás haya visto.

—*Blyad*, Chelle. —Me aprieto con fuerza la polla sobre los vaqueros—. No puedo esperar para follarte.

Ella endereza la espalda.

—Pues hazlo. —Su voz tiene un tono suplicante. Se retuerce contra las cuerdas—. Por favor, Nikolai.

Estoy convencido.

Camino detrás de ella y empiezo a desatarle las muñecas.

—No voy a follar ese pequeño y apretado coño tuyo esta vez —le advierto.

—Dios mío —murmura.

La agarro por la garganta desde atrás y acerco mis labios a su oído.

—¿Estás lista para que te folle el culo?

Ella gime débilmente.

—Creo que lo estás. —Hago una pausa mientras desato—. ¿O necesitas más tiempo con el vibrador?

—No —dice rápidamente, luego se retracta—. Quiero decir, no lo sé...

Me río.

—Te gustó anoche cuando te follé con el tapón.

—Eres *tan sucio* —dice como si estuviera ofendida, aunque escucho diversión en su voz.

—Te gusta lo sucio —replico. Le desato las manos y trabajo con su torso. Las cuerdas fueron divertidas, y se veía preciosa, pero ahora necesito quitárselas cuanto antes—. La próxima vez te ataré en una posición en la que pueda follarte —murmuro y ella se ríe.

La libero completamente, pero la sujeto en su sitio cuando intenta bajar del taburete.

—No, no. —Empujo el vibrador dentro de ella, aún en marcha, y me la cargo sobre el hombro.

—¡Dios mío, Nikolai! —Se ríe mientras la llevo al dormitorio. Le doy una palmada en el culo antes de dejarla caer en medio de la cama.

—De rodillas y sobre los codos, *zayka* —ordeno.

Ella gira y se coloca en posición.

Maldigo en ruso porque se ve tan sexy. El vibrador zumba entre sus piernas, haciendo que su sexo gotee jugos. Cojo el lubricante y aplico una cantidad generosa en su ano y luego en mi polla.

Esta vez no se resiste. Tarareando suavemente, empuja hacia atrás para recibirme, y yo presiono hacia adelante. Deja escapar un grito lascivo, mitad dolor, mitad placer, cuando mi glande atraviesa el apretado anillo de músculos.

—Nikolai —solloza.

Voy despacio, dándole centímetro a centímetro hasta que mi polla está completamente dentro. Espero, observando cómo su espalda arqueada se mueve con sus jadeos. Cuando se relaja un poco, empiezo a bombear lentamente.

Ella deja escapar un grito con cada movimiento, pero escucho la satisfacción en sus notas. Se vuelve más ruidosa con cada uno, soltando mi nombre de vez en cuando.

—Puedes tocarte, *zayka*.

—Ohhhhhh —gime mientras alcanza entre sus piernas para frotarse el clítoris—. Nikolai, ¿puedo correrme, por favor?

Maldigo otra vez en ruso, con los huevos tensándose. Es tan jodidamente dulce.

—Da —gruño—. Córrete, conejita.

Agarro sus caderas y embisto más rápido, teniendo cuidado de no ser demasiado brusco.

Sus gemidos y gritos me llevan al límite, y empujo más fuerte y rápido, con luces bailando frente a mis ojos.

—Córrete, Chelle —digo con voz ronca justo antes de cruzar la línea de meta. Aprieto los lados de su culo con demasiada fuerza, dándole pequeños empujones cortos mientras me corro y me corro como si nunca fuera a parar.

Cuando termino, alcanzo por debajo de sus caderas para ayudar.

—¿Te has corrido? —pregunto con voz ronca, frotando su clítoris.

Ella grita, y todo su suelo pélvico se tensa y se eleva, apretando mi polla más de lo que hubiera creído posible. Gime y gime mientras el orgasmo la recorre, y le froto el clítoris todo el tiempo. En cuanto se queda quieta, salgo con cuidado.

—Nikolai —jadea. Me encanta escuchar mi nombre en esa voz desgarrada y áspera—. Dios mío.

Le beso el hombro y saco el vibrador. Ella se desploma en la cama como si le hubiera derretido los huesos. Me lavo en el baño y traigo una toallita para limpiarla.

—Mmm —tararea suavemente.

—Ha valido la pena —murmuro para mí mismo.

Ella gira sobre su espalda, sus pequeños pechos separándose, con los pezones aún rígidos.

—¿Qué cosa?

—Tú.

Su mirada se encuentra con la mía, y no es mi pequeña chispa. Se ve vulnerable, como si quisiera creerme, pero temiera que hubiera algún truco.

Le acaricio el pecho y me inclino para darle un beso lento y con la boca abierta. Quiero decirle que puede confiar en mí. Que no vamos a romper ahora que hemos tenido sexo, pero me doy cuenta de que es irrelevante. No puedo sanar sus heridas si ella no me quiere. Y Chelle nunca va a aceptar lo que soy. Quién soy.

ikolai
     A mitad de semana, recibo una llamada de un tipo llamado Víbora. Estoy arriba en el ático, y en cuanto la recibo, le hago una señal a Sasha para que silencie el televisor, y señalo el teléfono. Maxim y Ravil se acercan, y pongo el altavoz.

—He oído que estás buscando chicas.

—Así es. Para comprar, no para alquilar —contesto.

—¿Para quién trabajas?

—Mi jefe es el cabecilla de la Bratva de Chicago —le digo—. ¿Son rusas vuestras chicas?

—Sí. Lo cual es un problema, ya que ninguno de nosotros habla ruso.

Mis fosas nasales se dilatan cuando me encuentro con la mirada fría de Ravil.

—Mi jefe tiene recursos. —Es decir, podemos permitirnos comprar a las mujeres.

—Trataré con él directamente.

—Está justo aquí. —Le paso el teléfono a Ravil.

—Ravil Baranov. ¿Con quién hablo?

—Puedes llamarme Víbora. ¿Cuántas chicas queréis?

Ravil nos lanza a todos una mirada sombría.

—¿Cuántas hay disponibles?

—Catorce.

—¿Cuánto?

—Dos mil por cada una.

Un sonido ahogado a mi lado me recuerda que Sasha está en la habitación. Tiene una mano tapándose la boca, y sus ojos grandes y expresivos están llenos de lágrimas. Maxim extiende la mano y le aprieta el hombro.

—Te daré veinticinco mil por todas.

Un sonido de burla sorprendido sale de debajo de la mano de Sasha.

—De acuerdo. ¿Tienes el dinero ahora?

—Lo tengo.

—Esta noche. Once y media. Enviaré una dirección a las once. —Finaliza la llamada sin despedirse.

—¿Qué demonios ha sido eso? —exclama Sasha—. Voy a vomitar.

—No deberías haber escuchado eso. —Maxim me lanza una mirada fulminante.

—Disculpas. No debería haber atendido la llamada aquí.

—No, no deberías haberlo hecho —coincide Ravil—. Los tiempos han cambiado. Tenemos mujeres y niños en el ático. Nada de negocios fuera de mi despacho a partir de ahora.

—Entendido —acepto.

—No vais... vais a liberarlas, ¿verdad? —pregunta Sasha.

—Por supuesto que sí —dice Maxim—. Estamos intentando llegar a su fuente. —Mira a Ravil—. No puedo creer lo poco que las están vendiendo.

—Yo sí —dice Ravil sombríamente—. El alcance global de la trata de personas ha llevado el precio a mínimos históricos.

—¿Son estas las mismas personas que se llevaron a Nadia? —adivina Sasha.

Ravil se encoge de hombros.

—Podría haber una conexión.

—¿Se lo decimos a Adrian? —pregunto.

Ravil lo considera por un momento.

—Sí. Ponle al corriente. Iremos con refuerzos. —Mira a Maxim—. Forma un equipo.

Dejo a mi hermosa esclava sexual bien saciada en la cama a las diez y media.

—¿Adónde vas? —murmura adormilada.

Me ajusto una funda extra en la pantorrilla y compruebo mi arma, lo que hace que se incorpore con el ceño fruncido.

—Vuelve a dormir, Pecas. Tengo asuntos que atender.

—¿Qué tipo de asuntos? —Oigo tensión en su voz y desearía haber esperado hasta que estuviera completamente dormida antes de levantarme.

—No me hagas preguntas sobre negocios, Chelle. Es una regla. —Cuando su ceño fruncido se profundiza en una mueca, añado—: Es por tu propia seguridad y protección.

Se acurruca de lado para observarme, con una línea firmemente marcada entre sus cejas.

Me inclino e intento borrarla con un beso.

—Deja de pensar tanto, esto no te concierne. Vuelve a dormir.

No responde, y sé que acabamos de retroceder cinco pasos en el progreso que habíamos logrado hacia su aceptación.

Mierda. Esto es lo que soy. No puedo cambiarlo ni evitarlo. Sabía que ella no podría sobrellevarlo a largo plazo, y esperar algo diferente sería una ilusión.

Me reúno con los muchachos en la sexta planta donde tenemos un salón para los soldados de rangos inferiores. Somos dieciséis en total, y Maxim nos ha asignado uno o dos por vehículo, con SUVs extra para transportar a las mujeres, suponiendo que todo salga bien. Dima está en videoconferencia con nosotros y Ravil está aquí, pero Maxim no le dejará venir. Desde que nació su hijo, hemos protegido a nuestro *pakhan* de las actividades más peligrosas. La idea de que lo separen de su bebé es demasiado para cualquiera de nosotros, especialmente para su esposa, Lucy.

—Esta es una misión de recopilación de información —dice Maxim con firmeza—. Os traemos a todos para protección, no para exterminar. Nuestro objetivo es sacar a las mujeres a salvo y descubrir quién está detrás de la operación. —Le lanza una mirada penetrante a Adrian—. ¿Entendido?

Se escucha un coro de síes y *das*, pero Adrian mantiene un rostro impasible.

—Adrian, ¿me has oído? Esta es nuestra oportunidad para averiguar si Poval está detrás de esto y dónde podría estar. Si lo jodes, perdemos la pista. —Maxim levanta las cejas.

Adrian frunce el ceño.

—Necesito oír tu reconocimiento.

—Lo entiendo —dice Adrian con evidente reticencia. No le culpo. Tampoco me importaría matar a todos esos cabrones.

Recibo el mensaje con la dirección justo después de las once y la leo en voz alta. Dima al instante localiza un mapa de un almacén y envía la ubicación a todos los conductores.

—Vamos —ordena Maxim, y nos dirigimos al ascensor para bajar al aparcamiento subterráneo.

Viajo con Oleg, Adrian y Maxim. Oleg conduce. En el almacén, tomamos la delantera, el resto de los chicos se dispersan para cubrir nuestras espaldas. Maxim lleva el dinero en una bolsa.

Nos reciben en la puerta dos tipos con ametralladoras. Solo permiten que Maxim y yo entremos e insisten en que dejemos nuestras armas en una caja, lo cual no me sorprende. Intento dejar la Glock en mi tobillo, pero el tipo que me cachea la encuentra y se la lleva.

Maxim y yo nos mantenemos tranquilos, aunque nuestras vidas están en riesgo.

Dentro, un grupo de mujeres están atadas entre sí como una cuadrilla encadenada, rodeadas de hombres de aspecto letal con ametralladoras. Estamos en un almacén vacío. Supongo que esta ubicación fue elegida para la transacción, no porque tenga algún significado para su operación.

Un músculo en la mandíbula de Maxim se contrae. Arroja la bolsa de dinero al suelo frente a nosotros.

Cascabel se adelanta para recogerla y contar el dinero, luego asiente a un hombre que está detrás, fumando un puro. Al igual que Cascabel, tiene tatuajes de serpientes trepando por su cuello.

—¿Está todo? —pregunta.

—Sí. Está bien.

Una de las mujeres hace contacto visual conmigo. Parece desnutrida y asustada.

—Tranquila —murmuro en ruso, y ella se queda inmóvil, como si me entendiera.

—Sí, imagino que les sacaréis mejor provecho —dice el hombre que presumo es Víbora—. Que no entendieran nada se volvió aburrido rápidamente.

—¿Tienes más aparte de estas? —pregunta Maxim.

El tipo se encoge de hombros.

—No hay más para vender.

—¿De dónde han salido?

—Las conseguí —dice, y luego mira a Cascabel—. Desabrocha las cadenas.

—Vamos —digo en ruso a las mujeres mientras Cascabel

les quita las cadenas de los tobillos—. Estáis a salvo ahora. Sois libres.

Las mujeres corren hacia la puerta en cuanto se liberan de las cadenas, y Maxim y yo esperamos. Tengo las manos húmedas y el estómago revuelto por el trato, pero no dejo que nada de eso se refleje en mi cara. Esperamos hasta que todas las mujeres están libres y luego salimos, recogiendo nuestras armas de la caja cuando llegamos afuera.

Las mujeres, que están descalzas y apenas llevan ropa suficiente para cubrirse, se han dispersado; algunas huyen a toda velocidad, otras corren hacia el calor y refugio de nuestros coches.

Adrian y los otros soldados les gritan en ruso, prometiéndoles seguridad y libertad, teniendo cuidado de no perseguirlas ni asustarlas, y finalmente todas entran.

—*Joder* —dice Maxim cuando subimos al SUV de Oleg.

Adrian no quiere entrar, aunque todos los demás se han marchado.

—No podemos entrar, Adrian. Tienen ametralladoras —digo, sabiendo lo que está pensando—. Sube al SUV.

Aun así, Adrian se queda ahí parado.

—No van a salirse con la suya, solo estamos esperando el momento adecuado. Sube al puto coche —dice Maxim—. Es una orden.

Adrian se gira y regresa a zancadas, con una profunda arruga entre las cejas. Sube y cierra la puerta de golpe, con expresión asesina.

—Los derribaremos —prometo.

—Sí, lo haremos —afirma Maxim—. Hasta el último de ellos. Y cuando encontremos a Poval, podrás hacerle pagar.

Adrian se recuesta, curvando su labio superior.

—Su muerte *no será* rápida —jura sombríamente.

helle

Paso mi dedo sobre la herida de bala en el costado del abdomen de Nikolai, y él me agarra la muñeca. Estamos en la cama el miércoles por la mañana. Debería levantarme y prepararme para ir a trabajar, pero acaba de dejarme tan satisfecha que no puedo moverme, ni quiero hacerlo.

He sido la esclava sexual de Nikolai durante semana y media.

Parece que debería odiarlo. Debería odiar todo esto. Estoy usando mi cuerpo para saldar una considerable deuda con la mafia. Nikolai literalmente me posee y puede obligarme a hacer prácticamente cualquier cosa que quiera o el trato se cancela.

En cambio, se siente como el cumplimiento de una gloriosa fantasía.

Me encanta que nuestro acuerdo tenga una fecha de inicio y fin. Que las reglas estén muy bien definidas. Nikolai me da tareas o me dice lo que quiere, y yo obedezco. Es como un trabajo, y parece que se me da bien, a juzgar por la constante erección que el jefe tiene por mí.

Por supuesto, él lo hace divertido. Las cosas que me exige siempre son excitantes. No me está haciendo daño ni obligándome a hacer cosas que odio. Solo empujando un poco mis límites.

He intentado preguntarle sobre la cicatriz antes, pero no quiere hablar de ello. Probablemente porque implica un delito.

Eso me aterra. Ni siquiera sé de qué tengo miedo. ¿De que le disparen de nuevo? ¿De que le pillen por un delito que cometió? ¿De descubrir que ha hecho cosas que me sacarán de este pequeño mundo de fantasía?

—¿Te duele?

—No. Pero no me gusta cómo se siente. —El tono de Nikolai me advierte que no continúe.

—¿Cuándo ocurrió? ¿Puedo preguntar?

Con mi segunda pregunta, el rostro de Nikolai se suaviza en su característica sonrisa torcida.

—No, no puedes preguntar. Ya te lo dije antes.

—¿Porque estabas haciendo algo ilegal? —No puedo evitar insistir. Es como el accidente de coche del que no puedes apartar la mirada.

—No, no me gusta cómo te pones, asustada o juzgando estas cosas.

Mis ojos se abren de par en par, y sus palabras me golpean directamente en el pecho. Me doy cuenta de que es la primera vez que critica algo sobre mí, y odio cómo se siente.

—¿Sobre qué cosas? —Mi voz suena ronca.

Él se encoge de hombros.

—Sobre lo que hago. O lo que crees que hago. —Se levanta de la cama.

Normalmente es él quien se centra en mí. No me había

dado cuenta de lo adictiva que era esa atención hasta que la retiró.

Me quedo fría. Así es como se sentirá cuando termine nuestro mes. Cuando acabe conmigo. Igual que Rob Sharke. Pero eso es incorrecto. La fecha de finalización era algo que apreciaba de nuestro acuerdo. Sentirme herida cuando termine sería absurdo. No querría que esto continuara indefinidamente.

Y hacer que el distanciamiento de Nikolai sea sobre mí cuando claramente él es la parte herida es aún más ridículo. Me levanto de la cama y le sigo, rodeando su cintura con mis brazos por detrás. Él sostiene mis manos y se gira para mirarme. Hay sorpresa grabada en su rostro, y por alguna razón, eso aumenta mi culpa.

Como si no le hubiera mostrado ningún afecto cuando él ha sido un caballero conmigo. Un caballero muy sucio y exigente, pero siempre considerado.

—No preguntaba para saber más sobre lo que haces, preguntaba para saber más sobre *ti* —intento explicar.

Él arquea una ceja.

—No compartes mucho. Me refiero al Nikolai interior. Te guardas tus cartas.

—¿Juegas al póker, Chelle?

Me doy cuenta de que así es como evade. Haciéndome preguntas y nunca respondiendo a ninguna de las mías.

—Mi padre nos enseñó a los dos. A Zane se le da mejor que a mí.

Nikolai asiente.

—Zane es un buen jugador.

—¿Tú juegas? —Me doy cuenta de que no sé nada sobre cómo funcionan sus juegos—. ¿O eres el crupier?

—No a ambas preguntas. Observo.

—Facilitas.

—Sí.

Pienso en lo bien que manejó a mis locos clientes del skateboard.

—Se te da bien eso.

Ambas cejas se le disparan de sorpresa. Sus brazos rodean mi cintura, envolviendo los míos y me acerca más.

—¿Cómo lo sabes? —Me encanta el rumor seductor en su voz.

—Porque eres el gerente perfecto. Manejas a las personas sin que sepan que están siendo manejadas. Como mis clientes. Y... —Me doy cuenta de que es cierto mientras me viene el pensamiento—. A mí.

Nikolai me da un beso en la coronilla.

—Mmm...

Espero, con la esperanza de que, por una vez, comparta algo más.

—A veces pienso que no soy bueno en nada. No tengo ninguna habilidad especial. No como Dima. Solo rompo narices y cobro dinero, y ni siquiera soy el tipo que se le da bien eso. Llevo a Oleg y Adrian conmigo para hacer mi trabajo sucio.

—A eso me refiero. Eres el gerente. *Tú* eres la habilidad especial. Eres tú.

Nikolai escudriña mi rostro como si hubiera alguna respuesta allí que quisiera creer.

—Podrías hacer cualquier cosa y tener éxito en ello. Eres un facilitador natural.

Estoy segura de las palabras en el momento en que salen de mi boca. Había estado nerviosa al llevarlo a esa cena, pero él había brillado. Ahora que le conozco, estoy casi segura de que le querría en mi equipo para casi cualquier actividad.

Nikolai acuna el lado de mi cara en su mano y se inclina para rozar mis labios con los suyos.

—Eres dulce, Chelle Goldberg.

—No estoy siendo dulce, te estoy diciendo mi opinión sincera.

—Bueno, esa opinión sincera acaba de ganarte una visita al Red Room esta noche. Acompañada por mí, por supuesto.

Le beso intensamente.

—Eres el mejor. Prometo que no dejaré que tipos aleatorios me inviten a una copa.

—No permitiría que eso sucediera, conejita. Los mataría primero.

Echo un vistazo a su cara para ver si está bromeando. Sus ojos brillan, así que creo que lo está, pero este es un tipo con un agujero de bala en el estómago, así que no puedo estar completamente segura.

Me gira hacia el baño y me da una palmada en el trasero.

—Será mejor que te des prisa, o llegarás tarde al trabajo, Srta. Publicista Junior.

Me río y me apresuro a la ducha, encantada de cómo quedarme aquí con Nikolai es a la vez mágico y fácil. Me siento simultáneamente cómoda y emocionada con él en todo momento.

Suena a amor, canta una vocecita en mi cabeza.

Pero eso no puede ser cierto. No puedo estar enamorándome de Nikolai.

Los tipos con agujeros de bala no son para quedarse.

Aunque hagan cantar a tu corazón.

Nikolai

Me encanta llevar a Chelle al Red Room. No hemos salido juntos, aparte de nuestros paseos en bicicleta por la orilla del lago o de compras, y disfruto con la idea de mimarla. O quizás simplemente me gusta la idea de encajar en su vida. Por extraña que hubiera sido aquella cena con Skate 32, me gustó ver un atisbo de su vida. Cómo piensa cuando trabaja. Ahora puedo ver cómo se divierte.

—Vaya, hola a vosotros dos. — Su amiga Shanna nos saluda cuando llegamos, deslizando una servilleta de cóctel a través de la barra frente a cada uno de nosotros.

—Nikolai, esta es Shanna. Creo que os conocisteis un poco la última vez.

—Así es. —Extiendo la mano para estrechar la suya.

—Estaba enfadado conmigo por intentar ayudarte a acostarte con alguien. Pero parece que todo ha salido bien al final, ¿verdad? —Le guiña un ojo a Chelle, quien se sonroja con un bonito tono rosado.

—No te entrometas en mi vida sexual si no quieres que yo me entrometa en la tuya. —Chelle lanza una mirada significativa al otro camarero, un tipo tatuado de unos treinta y cinco años que parece estar haciendo inventario en el otro extremo de la barra.

—Para ya —dice Shanna inmediatamente.

Acerco el taburete de Chelle hacia mi lado y coloco un brazo detrás de su espalda.

—¿Qué vas a tomar? ¿Un martini sucio?

Ella me mira sorprendida.

—Realmente prestas atención, ¿no?

—Yo me encargo de ella, ¿tú qué quieres? —pregunta Shanna.

—Grey Goose, solo.

—Venga ya, estereotipo ruso. ¿De verdad bebes vodka solo? —Me mira con incredulidad y luego se encoge de hombros—. Vale.

—Puedo tomar una cerveza si te hace sentir mejor.

—No, no. En realidad, me encanta. —Shanna sirve las bebidas sin ni siquiera mirar lo que está haciendo, claramente cómoda detrás de la barra. Las coloca frente a nosotros—. Entonces, ¿por qué estáis aquí? Pensé que estaríais en casa, ya sabes, sacándole todo el partido. —Mueve las cejas sugestivamente mientras Chelle se sonroja de nuevo.

Miro a Chelle, divertido.

—¿Se lo has contado?

—Lo siento. ¿Es malo? Tenía que contárselo a alguien.

—Yo no voy por ahí contando mis intimidades, pero creo que es diferente para las mujeres.

—Sí. Nosotras nos contamos todo —dice Shanna en voz alta, justo cuando el otro camarero pasa por detrás de ella.

Su paso vacila.

—¿A quién has besado?

—Yo no, ella. —Shanna señala con el pulgar a Chelle, pero gira su cuerpo para mirar completamente al otro camarero, con una sonrisa coqueta en la cara.

Él la mira por un momento y luego parece recomponerse y mira hacia nosotros.

—Hola, Chelle.

—Hola, Derek. Este es Nikolai, mi, eh...

—¿Tu confidencia? —pregunta Derek, inclinándose sobre la barra para estrechar mi mano—. Encantado de conocerte.

—Igualmente.

—Derek es el dueño de este lugar —explica Chelle. A él le dice—: Oye, Derek, el amigo de Nikolai tiene una banda que creo que deberías escuchar. Son geniales. Se llaman The Storytellers. Tocan en Rue's Lounge todos los jueves. Creo que deberías traerlos aquí.

Se me hace un nudo en la garganta. Probablemente no debería darle tanta importancia, pero el interés de Chelle por mis amigos me hace sentir como si ella también formara parte de mi vida. Como si fuera mi novia y no solo mi cautiva diosa sexual.

—Solo si tú te encargas de la publicidad —propone Derek.

—Trato hecho —responde ella rápidamente.

—¿Sí? Genial. Diles que me llamen un domingo o un lunes para incluirlos en la programación.

—Estupendo. —Chelle sonríe radiante y yo le aprieto el hombro. Después de que Derek se aleja, ella dice—: Ni siquiera sé si querrían tocar aquí, pero pensé que sería divertido. —Se encoge de hombros.

—Seguro que estarían encantados. Siempre están buscando conciertos.

—Creo que el lanzamiento del vídeo de Skate 32 podría ser su gran oportunidad. Tienen un enorme número de seguidores. Podría conseguirles algo más allá de Chicago, ¿sabes?

—Tal vez deberían contratarte como su publicista. —Sonrío.

—Probablemente no podrían permitirse Image First, pero me encanta ayudar pro bono por ahora.

—Nunca se sabe lo que podrían permitirse. Oleg tiene dinero, y Story es su razón de vivir.

El rostro de Chelle se vuelve dulce y soñador, y no puedo evitar inclinarme para besarla.

Cuando me separo, tiene los ojos cerrados, con sus oscuras pestañas extendidas sobre sus mejillas pecosas. Le robo otro beso.

—Eres hermosa —murmuro.

Ella parpadea como si estuviera sorprendida.

Como si nadie se lo hubiera dicho antes.

Quiero prometerle todo. Que seguiré diciéndole que es hermosa cada día hasta que aprenda a esperarlo. Que seré su hombre.

Pero ella no quiere un hombre. Al menos, no un hombre como yo.

CAPÍTULO 18

ikolai
    Estoy sentado en mi Tesla frente a la clase de spinning de Chelle.

Ha sido un ángel perfecto durante las dos semanas y media que llevo siendo su dueño. He usado y abusado de su cuerpo de todas las formas sucias que se me han ocurrido, y cuanto más lo hago, más dócil se vuelve.

Así que cuando me preguntó durante el desayuno esta mañana si podía ir a su clase de spinning, sentí que solo un *mudak* diría que no.

Pero no quería soltar demasiado la correa, así que estoy aquí para recogerla. Quizás llevarla a cenar fuera. Ha cocinado para mí toda la semana. No siempre platos elaborados como la primera noche y sus brunch dominicales, pero le gusta estar en la cocina, aunque solo sea para preparar una ensalada o hornear galletas de mantequilla de maní con pepitas de chocolate.

Me encanta tenerla en mi cocina. En mi apartamento. Resulta que lo que fallaba antes no era el mobiliario. Era la ausencia de Chelle. Aunque tiene razón: el nuevo conjunto de comedor de cristal grueso que encontró es una delicia junto a los grandes ventanales.

Chelle sale del edificio y mira alrededor. Salgo de donde estaba aparcado ilegalmente para recogerla justo en la entrada. Se desliza en el asiento del copiloto con una amplia sonrisa.

—¿Lo siento, has esperado mucho?

—No —miento. Vine a rondar el lugar como un acosador casi desde el minuto en que empezó la clase.

—¿Te parecería bien si pasamos por mi apartamento para recoger algunas cosas?

—Claro. —Cambio de carril para dirigirme en la dirección correcta—. ¿Quieres salir a comer?

Ella mira su ropa de deporte, algo que había olvidado considerar cuando desarrollé mi plan.

—Eh… sí. Si puedo darme una ducha rápida y cambiarme en mi casa.

—Eso funciona.

Me mira.

—¿Qué tal tu día?

Me encojo de hombros. No voy a contarle que me puse en contacto y concerté una reunión con el jefe de Cascabel para averiguar los detalles sobre su tráfico de esclavas sexuales.

—Sin incidentes. ¿Y el tuyo?

—Ha sido bueno. Parece que los skaters realmente van a seguir adelante usando la música de los Storyteller para sus vídeos. Voy a organizar algunos eventos relacionados, como un videochat en directo con la banda y los skaters hablando sobre su colaboración. Necesito ponerme en contacto con Story para conseguir toda su información. ¿Supongo que tú me podrías facilitar eso?

—Por supuesto —digo—. Vive en el piso de arriba.

Todavía no he llevado a Chelle al ático. Ella no es una de nosotros, y tampoco es mi novia. Es solo alguien con quien me estoy acostando durante un mes. Alguien que se habrá ido en trece días. Un hecho que me hace querer arrancar el volante y tirarlo por la ventanilla.

No debería llevarla arriba. No puedo permitir que vea nada relacionado con la Bratva, incluyendo nuestra forma de vida o la distribución de las cosas. Aprendimos por las malas con Natasha, la novia de Dima, que el FBI podía usar a cualquiera para conseguir información sobre nosotros. Tampoco quiero que los chicos sepan del trato que hice con ella. Dima ya lo descubrió cuando hablamos esta semana, pero si puedo evitar que el resto lo sepa, lo haré.

—Conseguiré su número —le digo a Chelle. Ni siquiera lo tengo porque no es como si nos intercambiáramos los números de las novias de los demás, especialmente cuando vivimos en la misma suite. Aunque puedo enviarle un mensaje a Oleg para conseguirlo.

Llegamos a su casa, y subo las escaleras con ella. En el momento en que nos encontramos frente a su puerta, sé que algo va mal. El marco de la puerta parece agrietado.

Agarro su muñeca mientras estira la mano para desbloquear la puerta, y la coloco detrás de mi cuerpo. Empujando la puerta con la punta del pie, la veo abrirse de par en par: las cerraduras están rotas. Le indico a Chelle que se quede en el pasillo y me arrastro hacia delante, alcanzando la Glock en la parte trasera de mi cintura.

Su apartamento está destrozado. Su televisor ha desaparecido. Todos los cajones de la cocina están abiertos como si los hubieran registrado. Avanzo sigilosamente, escuchando atentamente cualquier sonido. El dormitorio también está destrozado: los cajones de su cómoda sacados y volcados, cosas esparcidas por todas partes.

Registro el lugar minuciosamente antes de volver al pasillo donde encuentro a Chelle de pie, pálida y temblorosa. Mira el arma en mi mano con los ojos como platos.

Maldita sea.

—Parece un robo. Se llevaron tu televisor y registraron todas tus cosas. Probablemente buscando joyas o dinero en efectivo. Ya se han ido.

—Dios mío. ¿Qué deberíamos hacer?

—Llama primero a tu hermano.

Parpadea mirándome.

—¿P-por qué?

Tomo su teléfono de sus dedos fríos, busco el número de Zane y presiono el botón de llamada. Se lo ofrezco.

—Averigua si sabe algo sobre esto.

Sus ojos dorados se abren aún más, y deja escapar el aliento en un pequeño sollozo.

Zane contesta, lo que no esperaba.

—¿Chelle? —Suena alarmado.

No me gusta.

—¿Zane? Han destrozado mi apartamento. Se llevaron mi televisor y no sé qué más.

—¡Joder! ¿Dónde estás ahora? ¿Estás allí? ¿Está Nikolai contigo?

Arrebato el teléfono de la mano de Chelle, con una rabia ardiente corriendo por mis venas.

—¿Qué has hecho, Zane? —espeto.

—Nikolai. —Zane suena sin aliento—. Saca a mi hermana de allí, ¿quieres? Mantenla a salvo.

—¿Qué coño está pasando? —gruño. Voy a matar a ese crío por haberle hecho esto a Chelle.

—Yo, eh, tenía un trato de drogas en marcha, pero me robaron la mercancía. Ahora le debo al traficante el coste de los productos.

—¿Un trato de drogas con quién?

Veo a Chelle pronunciar la palabra, *quién*, mientras sus ojos miran fijamente hacia adelante, como si estuviera en estado de shock y asustada.

—No es tu problema.

—Acabas de convertirlo en mi puto problema cuando fueron contra Chelle —gruño.

—¡Tú fuiste quien fue tras Chelle! —truena Zane en respuesta—. *Te llevaste a mi hermana*, maldito ruso loco. Estoy intentando recuperarla, así que sácala de ahí, ¡y te conseguiré tu maldito dinero!

Termina la llamada antes de que pueda destrozarlo, y sostengo el teléfono contra mi pecho como si de alguna manera eso pudiera proteger a Chelle de lo que acaba de oír.

Blyad.'

Zane tiene razón. Me llevé a su hermana. Yo provoqué todo esto al meterla en esta ecuación. Y aunque todo esto es completamente consensuado por su parte, desde el principio le hice amenazas veladas sobre hacerle daño, así que la suposición de lo peor por parte de Zane es culpa mía.

Joder, joder, joder.

La barbilla de Chelle empieza a temblar, y atraigo su esbelto cuerpo contra el mío.

—Está bien. Todo va a salir bien. Yo me ocuparé de tu apartamento. Vamos a sacarte de aquí.

—¿No deberíamos llamar a la policía?

—No. Reemplazaré tus cosas, ¿vale? No te preocupes por nada de esto. —Cierro la puerta lo mejor que puedo, la hago girar y la conduzco por el pasillo, manteniéndola aún firmemente pegada a mi costado.

—¿Vas a explicarme qué está pasando? —Su voz tiembla, y eso me mata.

—Zane está intentando rescatarte de mí y sea lo que sea que hizo, le salió mal.

—¿Está en peligro? —La alarma resuena en sus palabras.

—Eh... sí, probablemente. —No sería justo mentirle—. Pero tú estás en más peligro.

Sé cómo funciona esta mierda. Normalmente soy yo el

197

tipo que extorsiona a la gente por dinero. Dejarán a Zane libre y mantendrán a su hermana como rehén para el pago.

La apresuro escaleras abajo, con mi mano en la pistola que llevo en la cintura por si nos encontramos con alguien por el camino.

—Ayudaré a Zane cuando sepa que estás a salvo — prometo a regañadientes. Ese gilipollas no merece que lo salven, pero no soporto ver a Chelle angustiada por su seguridad.

Además, el peligro para ella no terminará hasta que el problema de Zane se resuelva.

La meto en mi coche y arranco, pasando de cero a cien en menos de cuatro segundos, mi razón favorita para tener un Tesla.

—Lo siento, Chelle —digo. No quiero disculparme. Quiero echarle toda la culpa a Zane, pero él tiene razón. Yo he tomado parte en esta mierda.

Siento su mirada de ojos dorados en el lateral de mi cara, pero no la miro porque estoy zigzagueando entre los coches, corriendo para volver al Kremlin donde Chelle estará a salvo.

—¿Por qué lo sientes? —Su voz es un susurro ronco, como si estuviera aterrorizada de oír mi respuesta.

—Por involucrarte —digo—. Nunca te habría hecho daño, *zayka*. No hago daño a los inocentes. Pero hice que Zane pensara que lo haría. Ahora ha actuado por desesperación para salvarte de mí.

Ella deja escapar un suspiro audible.

—¿Qué ha hecho? —El quiebre en su voz me destroza.

—No lo sé. —Aprieto los dientes—. Voy a averiguarlo, y me ocuparé de ello. Os protegeré a los dos.

Chelle aspira con un jadeo entrecortado y luego deja escapar un gemido, como si estuviera tratando de no llorar.

—Lo siento —repito porque oír su angustia me dan ganas de quemar toda esta ciudad.

Cuando la llevo a casa, se mete en la ducha, y yo intento llamar a Zane, pero el muy cabrón no responde. Llamo a uno de nuestros soldados y le pido que vaya al apartamento de Chelle y arregle la puerta.

—Trae respaldo —le advierto.

Chelle se queda en la ducha tanto tiempo que imagino que se ha convertido en una pasa. Entro en el baño y abro la puerta de cristal de mi enorme ducha. Está acurrucada bajo el agua, con el hombro apoyado contra la pared de azulejos. No está llorando, pero parece perdida.

—*Zayka* —murmuro y me quito la ropa para unirme a ella.

La he follado en esta ducha antes. La he tomado bruscamente contra estas paredes. Pero esta vez es diferente. Esta vez solo la abrazo. La abrazo y beso su cabeza. Y después de un rato, la maniobro bajo el chorro y le lavo el pelo.

—Nikolai —gime de la forma en que lo hace cuando estamos teniendo sexo, solo que esta vez suena más roto. Perdido.

—Está bien, Pecas. Todo va a estar bien.

—¿De verdad? —Se gira y escudriña mi rostro, y sé que está preguntando por algo más que Zane. Está preguntando algo sobre nosotros, solo que no sé cuál es la pregunta, así que no sé cómo responder.

¿Quiere que seamos algo más?

¿Podría estar con un hombre como yo?

¿O está diciendo que no puede seguir con esto? Vi cómo miraba la pistola en mi mano, como si estuviera aterrorizada de verla. Como si fuera una serpiente que podría morderla, en lugar de una herramienta para protegerla.

Cojo la pastilla de jabón y la paso por sus pechos, enjabonándolos hasta que gime y cae contra mí por un motivo diferente. La deslizo por su vientre, enjabono su trasero, luego me pongo en cuclillas para enjabonar ambas piernas.

Después la aprisiono contra la pared de la ducha y la lamo hasta que grita.

Cuando su orgasmo termina, la levanto y la saco de la ducha. La siento en la encimera y cojo una toalla del perchero.

—Todo va a estar bien, conejita —prometo, envolviéndola y secando su suave piel—. Pagaré las deudas de Zane. No dejaré que nadie te toque. Lo prometo.

—¿Por qué? —pregunta Chelle.

Debería decírselo.

Debería explicarle lo que significa para mí. Que es la luz en el oscuro pasillo. Es el eje magnético alrededor del que quiero orbitar. Ella llena los espacios vacíos de mi vida.

Debería decir: "Por ti, Chelle."

Pero no lo hago.

Supongo que tiene razón. Me guardo mis cartas. Porque no quiero mostrarle mi mano. La que está llena de corazones. Y todos son para ella.

En lugar de eso, simplemente la dejo allí en el baño para ir a buscar algo para cenar. Dejo que me descifre ella sola.

Si puede.

<small>CHELLE</small>

Intento llamar a Zane, pero no responde, así que le envío un mensaje. *¿Qué está pasando? ¿A quién le debes dinero ahora?*

Cuando no responde, lo intento de nuevo. *Nikolai pagará la deuda.*

Ni siquiera lo pienso dos veces sobre involucrarme más con Nikolai. No quiero analizarlo ahora mismo, pero probablemente estoy secretamente aliviada de que nuestros treinta días podrían no terminar en menos de dos semanas. Que podría deberle más.

Porque me encanta la forma en que cobra su deuda de mí.

Esta vez Zane responde. *¿Estás loca? Estaba tratando de conseguir el dinero para pagar a la Bratva. Odio lo que estás haciendo por mí.*

Uf. Lógicamente, su respuesta tiene sentido, pero levanta un enorme muro de defensividad. Que le jodan. Yo elegí hacer esto, y le dije que estaba bien. Odio la forma en que lo hace sentir asqueroso. Sórdido, vergonzoso e incorrecto.

Odio todo esto.

No, eso no es necesariamente cierto. No odio estar aquí. No odio lo que tengo con Nikolai.

Excepto, ¿qué tengo realmente? El tipo acaba de abrazarme y lavarme con total amabilidad en la ducha, pero básicamente me ha comprado... bueno, me alquiló por un mes. Tenemos fecha de caducidad. Así que realmente no *tengo* nada.

Le contesto: *No lo odio.*

Zane envía: *???*

Empiezo a escribir *Nikolai es* y luego me detengo. ¿Nikolai es qué? ¿No tan malo? ¿Maravilloso? ¿Bueno conmigo?

Es entonces cuando me golpea con toda su fuerza la realidad. He estado resistiéndome todo este tiempo, pero ha sido inútil: me estoy enamorando de Nikolai.

El pensamiento despierta en mí una nueva ansiedad, aguda y electrizante. Diferente de la preocupación que me revuelve las tripas por Zane. Esta es una sensación a toda velocidad, fuera de control, que me recorre desde el cuero cabelludo hasta las plantas de los pies. No puedo estar con Nikolai.

No puedo.

No es posible. Soy una chica buena. Tengo un título universitario y una carrera como publicista junior. Voy a llegar lejos. No voy a...*no puedo* mezclarme con la Bratva rusa.

No puedo.

No lo haré.

Pero lo escribo de todos modos porque Zane debe entender que confío en Nikolai. *Nikolai es bueno conmigo.*

Él también debe confiar en Nikolai a cierto nivel, porque quería que me protegiera de la gente que destrozó mi apartamento.

Zane no contesta, pero siento un goteo de alivio por haberme explicado. Zane dejará que Nikolai pague su deuda. Esta crisis puede resolverse.

La otra, la de mi insensato corazón, puede tratarse más tarde.

ikolai

Al día siguiente, nos reunimos en la oficina de Ravil. Ravil proporcionó un par de apartamentos en el edificio a las antiguas esclavas y Svetlana, la madre de Natasha, que es enfermera partera, les ha ofrecido atención médica. Nadia y Adrian las entrevistaron para ver qué se podía averiguar sobre cómo acabaron en Estados Unidos.

—Fue Poval —escupe Adrian, paseando por la oficina como un animal enjaulado—. La misma operación que secuestró a Nadia. Llegaron en contenedores de mercancías a través del océano y luego fueron transportadas en camión hasta Chicago.

—Cualquier cosa que puedas encontrar sobre los contenedores podría ayudarme a rastrear el dinero —dice Dima desde la pantalla del portátil—. Pero también puede que tenga una pista para encontrar a Poval.

Adrian se detiene y gira la cabeza en dirección a la pantalla.

—¿Qué pista?

—Tiene una hija. Está estudiando en la universidad en el Reino Unido.

—¿Cómo se llama? —Adrian atraviesa la habitación con precisión letal.

Dima vacila, su mirada encontrándose con la de Ravil a través de la pantalla. Todos en esta oficina saben lo que Adrian hará con esa información.

Pero ella es inocente. Una joven, como Nadia, que probablemente no tiene nada que ver con el imperio criminal de su padre.

No creo que Adrian le haga daño. Es demasiado protector con las mujeres para eso. Pero probablemente la utilizaría como moneda de cambio. Justo como yo había usado a Chelle.

Ravil inclina la cabeza.

—Te enviaré la información —promete Dima.

CHELLE

Al día siguiente, salgo de mi edificio para esperar a mi chófer/guardaespaldas ruso. Nikolai quería que llamase para decir que estaba enferma y no ir al trabajo, pero me negué. Había demasiado trabajo por hacer, y Janette no es el tipo de jefa que te deja trabajar desde casa. Le gusta hacer las cosas en persona.

Prometí no salir a comer, y le envié un mensaje una hora antes de estar lista para que me recogiera por la tarde.

El tráfico parece estar detenido frente a nuestro edificio por obras. Busco entre los coches su Tesla rojo.

Mi teléfono suena con un mensaje entrante. Llevo la mano hacia mi bolso al mismo tiempo que algo duro presiona contra mi espalda.

—Grita y estás muerta. —La voz masculina y áspera detrás de mí es desconocida.

Mis dedos se cierran alrededor de mi teléfono, y lo agarro con fuerza, mi mente trabajando a toda velocidad para formular un plan.

—Me llevaré eso. —Mete la mano en mi bolso y me arranca el teléfono de los dedos—. Gira a la izquierda y camina rápido hasta la esquina. —Clava la pistola contra mi riñón.

Me detengo, todavía buscando a Nikolai.

—*Ahora* o te disparo aquí mismo en la calle.

La terquedad aparece.

—No lo harías —digo—. Me necesitas viva.

—Muévete o tu hermano muere. —El tipo agarra la parte posterior de mi pelo y lo utiliza para propulsarme hasta la esquina.

Sus palabras hacen que mis pies se muevan, aunque estoy bastante segura de que debería luchar aquí en la calle donde tengo más posibilidades de escapar.

—¿Dónde está Zane? —exijo.

—Está en la furgoneta blanca. Si quieres que siga vivo, entrarás tranquilamente con él.

Definitivamente saben qué botones pulsar. No voy a luchar si Zane está ahí y me necesita.

La puerta de la furgoneta se abre, y veo a dos tipos dentro, pero no a Zane. Intento detenerme, pero es demasiado tarde. Algo duro golpea la parte posterior de mi cabeza y todo se vuelve negro.

Nikolai

Estoy trepando por las paredes dentro de mi Tesla porque

hay malditas obras o algo así en las calles alrededor de la oficina de Chelle, y no puedo pasar para recogerla.

No me gusta. Hay una sensación de picazón subiendo por la parte posterior de mi cuello, especialmente porque Zane no ha respondido a su teléfono en todo el día, y Dima no pudo rastrearlo, como si lo hubiera apagado o estuviera sin batería.

Puse un rastreador real que no se puede apagar en el teléfono de Chelle anoche después de que se fuera a la cama, así que al menos tengo eso. La seguridad de Zane es, desafortunadamente, tan importante para mí como la de Chelle porque no quiero que ella sufra por algo que le ocurra a él.

Le envío un mensaje a Chelle para que espere dentro del edificio hasta que pueda llegar, pero no responde.

Intento llamarla, pero no contesta.

Con esa sensación punzante en plena fuerza, abro el software de rastreo. Parece que está de pie frente a su edificio.

Maldita sea.

Intento llamar de nuevo. Cuando sigue sin contestar, pierdo los estribos. Giro para conducir con dos ruedas sobre la acera, obligando a los peatones a dispersarse por sus vidas.

Los coches tocan el claxon. La gente grita. Me importa una mierda.

Derrapo al doblar en la esquina, finalmente llegando a la calle donde está el edificio de Chelle. Examino la acera de enfrente mientras subo al bordillo.

No está ahí, joder.

No está aquí, y mi rastreador dice que sí.

¡Blyad'!

Pongo el coche en punto muerto y salto fuera, corriendo hacia la acera, marcando a Chelle otra vez mientras sigo el rastreador hasta la esquina.

Oigo el teléfono sonar débilmente bajo mis pies.

Me trago la bilis en la garganta mientras miro lentamente

hacia abajo para ver el tenue resplandor de su teléfono bajo las rejas del desagüe pluvial.

Maldita sea. *¡Chyort voz'mi!*

Vuelvo corriendo al Tesla acompañado por la serenata de una docena de cláxones y entro. Nunca he sido particularmente violento, pero en este momento, me vuelvo letal. Voy a matar a todos y cada uno de esos *zhopas* que tocaron a Chelle.

Ella me pertenece y nadie toca lo que es mío.

Llamo a Dima primero, aunque no esté aquí.

—¡Se la han llevado, joder! —vocifero.

—*Blyad'*. ¿Qué ha pasado? —Su voz es baja y urgente como la mía.

—Su teléfono está en el desagüe pluvial frente a su oficina. Había un atasco en su calle y no pude pasar. Probablemente causaron el retraso a propósito para vigilarla.

—Joder. Vale, estoy hackeando los registros telefónicos para conseguir las últimas llamadas y mensajes de Chelle y Zane. Será solo un minuto. Mientras lo hago, voy a conectar con Ravil —dice con suavidad, lo que probablemente sea buena idea, pero odio que nuestro *pakhan* sea testigo de mi combustión total—. Espera un segundo.

Un momento después regresa.

—También tengo a Ravil y Maxim en línea.

—¿Dónde estás, Nikolai? —pregunta Ravil.

—Conduciendo hacia la residencia de Zane. Ya he estado allí hoy, al igual que en casa de Chelle para comprobar las nuevas cerraduras y asegurarme de que no estaban vigilando el lugar, pero no encontré nada.

—Enviaré a algunos hombres para que se queden en casa de Chelle —dice Ravil—. Envíame la dirección por mensaje.

—Tengo sus últimos mensajes —interrumpe Dima—. El de Chelle fue para ti a las 5:34 p.m. El de Zane fue para Chelle a las 7:42 p.m. de anoche. No envió más mensajes ni llamadas antes de que su teléfono se apagara a las 9:03 p.m. ¿Quieres que intente recuperar el contenido de los mensajes de Zane?

Joder. Dudo que tengan algo útil, pero de todos modos murmuro:

—*Da.*

—Un momento.

—Analicemos esto —dice Maxim—. Si Zane le debe dinero a este traficante, va a usar a Chelle como moneda de cambio, ¿no?

Quiero gritar, *no me digas*, pero consigo decir:

—Sí —gruñendo entre dientes.

—No mantendrá a Zane una vez que la tenga a ella. Si es que lo tiene ahora.

—Probablemente sea cierto —gruño.

—Zane no huirá si tienen a su hermana, ¿verdad?

—No. Es un cobarde, pero no le haría eso a ella.

—Esto es bueno —dice Dima—. El teléfono de Zane almacena todo en la nube. Voy a activar un teléfono nuevo con sus datos, y será como tener un duplicado. Podemos ver todo: dónde ha estado, con quién ha hablado, todo.

Suelto el aliento que estaba conteniendo. Gracias a Dios por Dima y sus superpoderes.

—El último mensaje era de Chelle. Ella dijo... mmm...

—*¿Qué dijo?* —grito al salpicadero mientras aparco en doble fila frente a la residencia de Zane. No es momento de ocultarme mierdas.

—Dijo que tú pagarías su deuda y que eres bueno con ella —dice Dima en voz baja, y de repente entiendo su discreción.

Mi corazón se aprieta tanto que temo que estalle. No puedo respirar, y siento como si mis ojos estuvieran ardiendo.

—¿Ese fue el último mensaje? —grazno. No sé por qué de repente estoy tan roto.

—Sí.

Mi cerebro se detiene. No puedo pensar cómo salir del coche, y mucho menos cómo salir de esta situación.

Afortunadamente, Maxim todavía tiene un córtex funcional.

—Entonces Zane acudirá a ti cuando pueda, si es que puede —razona.

Ese pensamiento me trae un pequeño alivio.

—Sí. Vendría a mí. —Estoy de acuerdo.

—Se lo haré saber a Maykl para que esté atento —dice Maxim.

—Muy bien, vamos a investigar sus ubicaciones —dice Dima—. ¿Hasta dónde debo retroceder? —Comienza a leer ubicaciones.

—Espera —dice Maxim—. ¿Cuál fue la última?

Dima la repite.

—Eso está cerca de donde nos encontramos con los Devil Dawgs para comprar a las mujeres —dice Maxim—. ¿Crees que sus traficantes son los mismos cabrones que mantienen esclavos?

—Una coincidencia, sí, pero encajaría —digo—. Dijo que tenía un trato, pero salió mal. Los Devil Dawgs serían del tipo que actúa a lo grande.

—¿Desde cuándo Zane es traficante? —pregunta Maxim —. Pensaba que solo consumía coca de forma recreativa.

—Imagino que estaba intentando saldar su deuda con nosotros —gruño. Pongo el Tesla en marcha y salgo de nuevo —. Voy a ese almacén. Sé dónde está.

—No sin nosotros —espeta Ravil con una autoridad que no suele usar.

Cuando no respondo, Maxim dice:

—Nos encontraremos allí. No entres hasta que lleguemos.

Sigo sin responder porque no hay forma de que me quede

esperando refuerzos fuera de un almacén si creo que Chelle está dentro sufriendo.

—Nikolai, llevaré dinero para pagar la deuda. Nadie tiene que morir —razona Maxim—. Si entras solo en su guarida y te matan, Chelle no estará mejor.

—Esperaré. —Acepto de mala gana—. Daos prisa.

—Te cubrimos las espaldas. Aguanta ahí.

helle

Resulta que Zane no estaba en la furgoneta en la que me metieron, pero sí está en su almacén. Cuando los tres tipos de la furgoneta me arrastran con mi dolorida cabeza hasta una especie de almacén, lo veo acurrucado en el suelo de hormigón pintado. Tiene moratones recientes y sangre por toda su hinchada cara. Tiene el labio cortado y parece que los dedos de una mano están rotos.

El lugar está montado como un club social. Una barra improvisada se extiende a lo largo de un lado. Botellas de cerveza vacías llenan las mesas. Hay una mesa de billar y dianas instaladas, pero también enormes motocicletas aparcadas en el interior. Creo que son algún tipo de club de moteros.

Mafiya rusa y bandas de moteros. Mi hermano realmente sabe elegir a sus socios comerciales.

—Tenemos a la hermana —anuncia el tipo que me agarró fuera de mi edificio.

Con los tres tipos que me trajeron, hay siete en total.

Visten chalecos de cuero y están cubiertos de vello facial y tatuajes.

—¿Oyes eso, chico? Encontramos a tu hermana mayor.

—Querrás decir hermana *pequeña* —se burla otro—. Apuesto a que está *muy apretadita.*

—No le hagáis daño. —Zane se pone en pie con gran esfuerzo, jadeando de dolor—. Conseguiré vuestro dinero ahora mismo.

—Lo hará —prometo, sintiendo que se enciende la esperanza en cuanto pienso en Nikolai y su promesa de pagarlo —. Puede conseguirlo. O yo puedo conseguirlo. Dejadme ir y os traeré todo lo que os debe. ¿Cuánto es?

—Oh no, esta se queda.

Uno de los tipos me rodea la cintura con un brazo grueso y me levanta. Pateo con las piernas, luchando por liberarme.

—Nos vamos a divertir con ella hasta que regreses —dice con voz siniestra.

—¡No! —gritamos Zane y yo a la vez.

Araño el brazo que me rodea y lanzo mi codo hacia atrás contra una barriga abultada.

—Quítame las manos de encima —gruño—. Tócame y morirás. —Sigo forcejeando, y el tipo me lanza al suelo y me da una fuerte patada en el estómago con su bota de punta de acero.

Gimo como un perro herido y me rodeo el estómago con los brazos, jadeando de dolor. En cuanto puedo respirar de nuevo, me tambaleo hasta ponerme en pie. De ninguna manera voy a quedarme hecha un ovillo aguantando esta mierda. Si intentan violarme, les arrancaré los ojos y les patearé los huevos hasta dejárselos morados.

—¡Parad! Es verdad —suplica Zane—. Su novio está en la Bratva rusa. Matará a todos los que están aquí si le pasa algo a ella. ¿Habéis oído hablar de... de Nikolai? —Cuando sus caras permanecen inexpresivas, lo intenta de nuevo—. ¿O-oleg? ¡Maxim!

Uno de los hombres se burla.

—Conoce algunos nombres rusos.

Algunos otros se encogen de hombros.

—Sí, estamos temblando de miedo —dice otro.

El hombre que me cogió apunta con una pistola a Zane.

—Será mejor que corras, chico. Trae a esos rusos antes de que no quede nada de ella por salvar. —Me agarra del brazo y me arrastra hacia atrás contra su cuerpo, llevando una mano a manosear mi pecho.

Los ojos de Zane están salvajes y aterrorizados. Está tan asustado como yo. Retrocede hacia la puerta, manteniendo mi mirada. Leo su disculpa en sus ojos. Su promesa de hacer todo lo que pueda.

Y porque es mi hermano pequeño y se supone que soy yo quien debe cuidar de él, grito:

—¡Estoy bien! ¡Solo trae a Nikolai!

Nikolai

Circulo por la calle a una manzana del almacén, sin querer aparcar justo enfrente y anunciar mi presencia. Por supuesto, no hay ningún lugar en este barrio donde aparcar un Tesla nuevo no llame la atención. Acabo colocándolo detrás de un contenedor.

Saco una pistola de repuesto y un cargador de la guantera y compruebo la munición de ambas armas. Luego salgo, con una pistola en cada mano, y marcho hacia el edificio.

Cuando veo aparecer una figura, mantengo mi pistola extendida y apunto a su cabeza, sin dejar de caminar rápidamente hacia él.

El tipo va medio corriendo, medio cojeando, mirando hacia atrás como si lo persiguieran.

Joder.

—Zane.

—*Nikolai.* Oh, gracias a Dios que estás aquí. —Corre y cojea hacia mí, con desesperación y alivio emanando de él. Se ve horrible, mucho peor que cuando le dimos la paliza—. ¿Cómo nos encontraste?

Nos. Gracias a Dios.

—¿Dónde está ella?

Zane se gira y señala frenéticamente hacia el almacén.

—Está ahí dentro. Tenemos que volver ahora. Iban a... ellos...

Suelto una retahíla de improperios en ruso y corro hacia el almacén. Oigo las pisadas de Zane detrás de mí.

Puede que pensara que mis días de crímenes violentos habían quedado mayormente en el pasado, pero me equivocaba.

Me importa una mierda mi alma. Voy a volarle la cabeza a cada hijo de puta que haya allí dentro.

—Espera, espera, espera —jadea Zane detrás de mí—. Hay muchos. Siete, creo. Tienes que esperar. ¿Dónde está Oleg?

Me giro.

—¿Sabes disparar una pistola? —le pregunto.

Se encoge de hombros.

—Más o menos. —Le entrego una de las pistolas—. Dispara a matar —le aconsejo—. Al pecho o a la cabeza.

Respira hondo y asiente con resolución.

Me dirijo a grandes zancadas hacia el almacén.

—¿Qué puerta? —exijo.

—Justo enfrente —dice Zane desde detrás de mí, y marcho hacia ella. La abro de una patada.

Oigo a Chelle gritar y una ira ardiente explota dentro de mí. Tres hombres están inclinados sobre ella, luchando por mantenerla quieta mientras ella pelea como una fiera salvaje.

Apunto y disparo. Uno. Dos. Tres muertos.

Alguien más cerca de mí saca un arma, y lo abato también.

Un tipo con una escopeta me dispara y falla. Lo elimino al mismo tiempo que otra arma dispara.

Dos cuerpos caen.

La cara de Zane, conmocionada, me dice que acaba de matar por primera vez.

Algo duro golpea mi cabeza y cristales se hacen añicos alrededor de mi cara. Me giro y disparo mi arma.

Siete muertos.

Examino el lugar buscando a alguien más que aún respire mientras corro hacia Chelle.

—Cúbreme —le digo a Zane mientras guardo la pistola en la cintura y me lanzo a liberarla de los cuerpos.

—Tranquila, Chelle. Te tengo.

Los aparto de ella y la levanto para abrazarla contra mi cuerpo. Solloza, pero lucha contra mí, así que la suelto. Mira a Zane, que aún tiene la pistola en la mano. Ambos muestran la misma expresión horrorizada. Me mira a mí. Luego a los cuerpos esparcidos por la habitación.

—No mires. —Miro a Zane—. Sácala de aquí. —Necesito asegurarme de que todo queda en orden.

Todavía sollozando, se tambalea hacia la puerta.

—¡Chelle! —grita Zane tras ella, siguiéndola.

Oigo el sonido de neumáticos sobre el asfalto fuera.

—¡Espera, Chelle! —Saco mi pistola y corro tras ellos, pero solo son mis hermanos.

Oigo la voz de Maxim llamando:

—¿Chelle? ¿Estás bien? Nikolai nos envió. Oh… —Me ve —. ¿Cuál es la situación?

—Listo para la limpieza.

Debería haberlo dicho en ruso porque Chelle se gira para mirarme, con expresión aún más impactada. Está pálida, lo que hace que resalte un moratón en su mejilla. Quiero matar a esos cabrones otra vez por hacerle eso. Quiero quemar el lugar hasta los cimientos. Que es probablemente lo que Adrian hará con él. El incendio provocado es su método preferido de destrucción.

Mira la pistola en mi mano, y rápidamente la guardo.

—Háblame, *zayka*. ¿Qué necesitas? —Esta vez soy lo suficientemente inteligente para no tocarla. Le doy espacio, pero me mantengo cerca.

Traga saliva. Le castañetean los dientes.

—Necesito alejarme de... todo esto. —Agita la mano hacia el almacén—. De ti.

Me quedo muy quieto, tratando de comprender sus pensamientos.

—Chelle, yo no tuve nada que ver con eso. Esos tipos eran traficantes de personas y drogas. Te cogieron porque Zane les debía dinero de un trato de drogas que salió mal.

—Oh, Dios. —Sus ojos se llenan de lágrimas—. Esto es demasiado. Zane acaba de disparar a alguien. Tú has matado a no sé cuántas personas ahí dentro. Como un profesional.

Seis personas. Y supongo que soy un profesional, pero no se lo digo.

—Esto... —Sacude la cabeza, enviando lágrimas en varias direcciones por sus mejillas—. No puedo borrarlo de mi mente. Necesito alejarme de estas cosas. No puedo hacerlo. No puedo hacer nada de esto.

—¿Hacer qué? —insisto contra mi buen juicio. Está en estado de shock. Este no es el momento para tener la conversación sobre nuestra relación que pensé que tendríamos al final de sus treinta días.

Se vuelve hacia mí, con los labios temblorosos.

—¿Puedes llevarme a casa, por favor?

Hay mucho que interpretar en esas palabras, y estoy bastante seguro de que entiendo el significado completo.

No va a volver a mi casa. No esta noche.

Nunca más.

Me esfuerzo por tragar a pesar de la banda que aprieta mi garganta.

—Sí. De acuerdo. —Miro a Zane, todavía con mi pistola en su mano. Parece tan roto y perdido como ella—. Creo que esta vez Zane realmente necesita un hospital, pero yo lo llevaré.

—Oh, Dios. No...

Zane, al oír su nombre, se acerca. Le quito la pistola y digo con firmeza:

—Voy a llevar a tu hermana a casa, y luego te llevaremos al hospital. Ven conmigo.

—Yo también debería ir al hospital —dice Chelle débilmente.

—Vas a casa. —Coloco mi mano en su espalda y suavemente la alejo del edificio—. A menos que tengas heridas que necesiten ser atendidas.

Se toca la parte posterior de la cabeza, pero solo dice con voz pequeña:

—Quiero ir a casa.

Los tres estamos en completo silencio durante el trayecto a su apartamento. Todavía estoy en modo crisis, mis emociones anuladas por la adrenalina, mi cerebro solo concentrado en lo que hay que hacer.

Zane intenta disculparse con Chelle un par de veces, pero ella no le responde.

—Te acompañaré —digo cuando llegamos.

—No —dice demasiado bruscamente. Demasiado rápido —. Por favor. Por favor, lleva a Zane al hospital.

Quiero decir mil cosas. Decirle que significa más que el dinero que Zane debe. Que la amo. Que lo significa todo.

Pero no digo nada de eso. Ahora no es el momento.

Debería haberle dicho esas cosas antes de llegar a este momento, para que tuviera algo a lo que aferrarse.

Pero ahora no tiene nada. Solo soy el mafioso que atrajo a su hermano al lado oscuro y casi hace que la violen o la maten. Soy el asesino que abatió a seis hombres en un almacén. Soy el tipo que la compró por un mes.

No soy nada.

Debería decirle que le traeré sus cosas, pero tampoco quiero ir ahí. No quiero ninguna palabra entre nosotros que haga que esto sea oficialmente el final.

Así que no digo nada.

Solo espero a que se cierre la puerta y me marcho.

En el hospital, quiero ser un capullo y dejar a Zane en la puerta porque toda esta mierda es por su culpa, pero no puedo.

Es su hermano y está tan perdido como ella.

Si no puedo cuidar de ella ahora mismo, al menos puedo cuidar de él.

CAPÍTULO 21

Chelle

Voy a trabajar al día siguiente como si nada hubiera pasado. Como si todo fuera normal en mi mundo. Le dije a Janette que me hice el moratón al chocarme contra el marco de la puerta cuando me levanté para ir al baño en medio de la noche.

Zane me mandó un mensaje a las dos de la madrugada para decirme que su mano requiere cirugía.

No le contesté. No me quedaba ni una pizca de interés por la situación de Zane.

Sé que debería estar agradecida a Nikolai por sacarnos a Zane y a mí de ese lío. Y *estoy* agradecida.

Excepto que la gratitud me destroza el corazón. No quiero sentir nada por él.

Quiero olvidarme de todo esto.

Fingir que nunca sucedió. Seguir adelante y no mirar atrás jamás.

No puedo tener este nivel de drama en mi vida. Yo no me mezclo con clubes de moteros ni con traficantes. Y definitivamente no debería mezclarme con la *mafiya* rusa. No con asesinos que pueden abatir a tiros a toda una sala de hombres armados y peligrosos.

Nikolai me dejó marchar, pero no sé si esto ha terminado.

Nuestro trato era de treinta días o nada, pero me da igual. Me retiro, sin importar qué. Que Zane resuelva sus propios problemas.

Oficialmente he terminado.

No es como si Nikolai no hubiera intentado advertirme desde el principio. Me dijo que no sacara a Zane del apuro.

Bueno, supongo que tuve que aprender de la manera más dura posible.

Nunca, jamás me permitiré estar en una situación como la de aquel almacén otra vez.

No puedo acostarme con un asesino, no importa lo fantásticos que sean los orgasmos.

Puedo sobrevivir a este día. Y luego sobreviviré al siguiente.

Con el tiempo me permitiré volver a sentir, y todo esto habrá terminado.

Nikolai

Le mando un mensaje a Chelle a la tarde siguiente. *¿Estás bien?*

No responde.

Empiezo a escribir *¿Podemos hablar?* pero borro el mensaje antes de enviarlo. Ya sé a dónde va esto. Chelle ha terminado. Fingir lo contrario solo retrasaría el dolor. Y sí, tal vez podría convencerla de prolongar lo que tenemos, o teníamos, pero al final, no va a quedarse conmigo.

Solo accedió a estar conmigo por el trato que hicimos.

Joder. Siento como si mi corazón se hubiera marchitado y

muerto dentro de mi pecho. Justo cuando encontré lo que parecía mi nuevo propósito en la vida, lo jodí todo.

Cierro los ojos, intentando alejar el torrente de recuerdos recientes que creamos estas últimas semanas. Chelle, borracha, arrastrándome a su apartamento y suplicándome que le diera azotes. Apareciendo en mi partido llena de fuego y energía. Cómo se veía atada a mi silla. Las sonrisas que me lanzaba por encima del hombro cuando montábamos en bici junto al lago. Cómo llenaba mi cocina. Mi apartamento.

Maldita sea. Quería algo real, y lo había encontrado.

Joder, amo a Chelle.

Pero eso significa que tengo que dejarla ir. Me importa demasiado como para presionarla cuando quiere salir, aunque alejarme se sienta como si fuera a matarme.

Me duele hasta el alma, así que me bebo una botella de vodka con el estómago vacío y cuando se acaba, le ordeno a uno de nuestros soldados que me traiga más y me desplomo en el sofá.

Tengo la intención de beber hasta olvidar que ella estuvo aquí alguna vez.

CHELLE

Necesito recoger mis cosas del piso de Nikolai, pero no estoy lista para verle. Todavía me estoy haciendo creer que no pasa nada. Que cada día es normal, igual que todos los días que tuve antes de conocer a Nikolai.

Hago entrenamientos dobles en mi gimnasio de spinning e invento una excusa para saltarme el miércoles en el Red Room, y le mando mensajes vagos a Shanna diciendo que estoy ocupada. No quiero, no puedo, estar con nadie que hable de sentimientos. Me estoy esforzando mucho para no tener ninguno.

El domingo por la tarde, Shanna se presenta en mi puerta con dos bolsas de comida para el brunch.

—¿Qué haces aquí? —pregunto, apartándome.

—Me necesitas. Puedo notarlo.

Me examina con mirada crítica, fijándose en el descolorido moratón de mi cara, luego pasa por mi lado y entra en la cocina para empezar a descargar las cosas. La sigo, pero no puedo hacer que mi cuerpo se mueva para ayudar o hablar.

Abre una botella de champán, nos sirve mimosas y pone bizcocho de café y ensalada de frutas en platos para nosotras.

—Vamos —dice, cogiendo su mimosa y su plato—. Cuéntame qué está pasando.

—¿Cómo sabes que te necesito? —pregunto, cogiendo mecánicamente mi plato y mi vaso y siguiéndola.

—Estás en modo robot, Chelle. Así es como estabas después de que muriera tu padre. ¿Qué pasó? —Mira el moratón otra vez. Cuando no respondo, pregunta muy bajito —: ¿Te hizo eso Nikolai?

Niego con la cabeza miserablemente.

—Es una historia muy larga.

—Por eso tenemos champán. Estoy aquí para ti, hermana. Suéltalo.

Dejo mi plato y tenedor en la mesa de café y me enderezo.

—Quizás no sea tan larga. Esta es la versión corta. Zane no soportaba que yo tuviera sexo con Nikolai para pagar su deuda, así que de alguna manera se metió con un club de moteros, creo que vendiendo drogas, pero no estoy segura. Ni siquiera quiero saberlo. Luego las cosas se pusieron feas otra vez, no sé cómo, y vinieron y destrozaron mi apartamento y me secuestraron. —Mi voz se quiebra al decir *secuestraron*.

Rayos. Estaba intentando mantenerme entera.

Shanna deja su champán y me abraza.

—Jesús, Chelle. Eso es aterrador. ¿Y entonces qué pasó?

—Zane estaba allí, todo golpeado. Le dejaron ir. Iba a conseguir dinero de Nikolai para rescatarme.

El trauma de aquella noche me golpea con toda su fuerza.

Era esto a lo que me estaba resistiendo toda la semana. El miedo. La impotencia. La violación.

Me ahogo en un sollozo.

Shanna me aprieta la mano.

—Iban a violarme —sollozo, tocándome el moratón en la cara que me hice mientras luchaba con ellos.

Shanna me envuelve en el abrazo más fuerte imaginable. Lloro sobre su hombro, empapando su camiseta de los Beatles.

—¿Pero no lo hicieron? —pregunta suavemente.

—No. —Me aparto y me limpio la nariz—. Porque Nikolai entró con Zane y ellos... mataron a todos.

Sé que Shanna estaba intentando mantener la calma, sin gritar por mi moratón, esperando a que yo contara la historia, pero ahora sus ojos se abren de par en par.

—Vaya. Vale. Mierda.

—Sí. —Lloro un poco más, pero ahora me siento mejor tras habérselo contado a alguien.

Como si guardar ese terrible secreto estuviera quemando mis entrañas como ácido de batería.

—¿Y vino la policía? ¿Qué pasó después?

—No. —Un nuevo sollozo me desgarra al recordarlo—. Aparecieron los amigos de Nikolai, y él dijo que estaba *listo para limpiar*. —Hago comillas en el aire con las últimas tres palabras—. Me asustó mucho.

—Oh, cariño. —Me aprieta el brazo y no me suelta—. ¿Te asustaste porque viste su mundo?

Asiento con lágrimas corriendo por mi cara.

—Le pedí que me llevara a casa y rompí nuestro acuerdo. Mis cosas están allí, y no quiero llamarle para recuperarlas, y no sé cómo Zane le va a devolver el dinero, y ni siquiera me importa.

—Bueno, yo puedo ir a buscar tus cosas, así que no te preocupes por eso. Creo que lo de Zane no importa. Quiero decir... Nikolai te rescató, Chelle. Mató a un montón de tíos por ti. Creo que eso significa que le importas.

Escucharla decirlo en voz alta me tranquiliza. El pánico por ver a Nikolai como un asesino se desvanece, y vuelve a perfilarse como el hombre que conozco. Asiento.

—Sí. Supongo que... supongo que sabía todo el tiempo que él me rescataría. Es decir... lo esperaba.

Ese pensamiento trae otra oleada de alivio. Hablar de todo esto está ayudando a liberar el trauma. Mi cerebro simplemente se apagó en el almacén. Los cables se desconectaron. Hicieron cortocircuito.

Ahora están empezando a reconectarse.

—Sí. Quiero decir, conocí a Nikolai. Me cayó bien. Parecía un encanto y totalmente enamorado de ti. No voy a estar triste porque matara a unos tipos que intentaban violarte. Simplemente no puedo. —Se encoge de hombros.

Oírla absolverlo alivia el aire a mi alrededor.

—Sí.

—Quiero decir, ¿qué es lo que realmente te molesta aquí? ¿Que mataran a unos tipos que probablemente se lo merecían o que las cosas se hayan acabado con Nikolai?

Un estremecimiento de reconocimiento recorre mi cuerpo, y tomo aire entre hipos.

—Echo de menos a Nikolai —admito al darme cuenta de golpe. Estoy de duelo. No por lo que me pasó, sino por la elección que tomé después.

—Entonces, ¿por qué no hablas con él? —sugiere Shanna —. Dile qué te asustó. No sé en qué está metido. Lo malo que es. Pero quizás podrías... no sé... establecer algunos límites claros, y podría funcionar.

Mi estómago se revuelve un poco más. ¿Podría funcionar? ¿Podría estar con alguien como Nikolai a largo plazo? ¿Casarme y tener hijos con un hombre que ha matado?

Me froto la cara con las manos. Me estoy adelantando, como siempre.

—Ni siquiera sé si le gusto tanto. Quiero decir, no tuvimos ninguna conversación sobre qué pasaría después de las treinta noches. Quizás matar por alguien no sea gran cosa para un tipo como él.

Shanna pone los ojos en blanco.

—¿Por qué no le llamas? No puedes resolver esto tú sola en tu cabeza. —Me entrega mi teléfono.

Lo miro por un momento, con el corazón acelerado, y luego marco su número.

No contesta, y no hay buzón de voz. Una sensación inquietante se remueve en mi vientre.

Quizás sea demasiado tarde.

Le envío un mensaje: *Siento haberme marchado. Estaba asustada. ¿Podemos hablar?*, y pulso enviar.

En cuanto lo hago, me siento mejor. El peso en mi pecho se aligera y destellos de esperanza vuelven a colarse.

Quizás esto no tenga que terminar.

Todavía hay mucho que resolver, mucho a lo que tengo miedo, y aun así las explosiones de alegría que me trae ese pensamiento no pueden estar equivocadas.

Lanzo mis brazos alrededor de Shanna, y ella me devuelve un abrazo largo y fuerte.

—¿Te sientes mejor? —pregunta.

—Mucho. Gracias.

—Estoy aquí para ti, chica. Tomemos más champán.

Nikolai

Dima aparece el viernes. Al menos creo que está aquí realmente. Es difícil saberlo. He estado bebiendo o durmiendo durante las últimas dos semanas.

Recuerdo vagamente que los chicos han estado entrando y saliendo, trayéndome comida y gritándome o alguna tontería similar.

Dima parece cabreado. Abre las cortinas de mi dormitorio de golpe.

Ah. Creo que Oleg está con él porque de alguna manera mi cama se levanta y ruedo fuera de ella.

—¿*Tebya yest khuy v sadnitse?* —refunfuño cuando golpeo el suelo.

—No, tú eres el que tiene la polla metida en el culo. Levántate. —Sí, Dima está aquí. Los dos me levantan—. Es viernes. Tienes que ir a dirigir tu juego, o Ravil te arrancará la piel. Vamos.

—Ravil puede chuparme la polla —murmuro.

—Cuidado —advierte Dima mientras los dos me arrastran a la ducha.

Odio estar en ella porque me recuerda a Chelle. Todo en este maldito apartamento me recuerda a ella. Debería haberme mudado de nuevo a mi habitación de arriba cuando se fue. Me quedo mucho tiempo, pero consigo mantenerme en pie y asearme, así que lo considero una victoria.

Cuando salgo tambaleándome, encuentro a Dima y Oleg en mi cocina. Tienen un montón de bocadillos en la encimera, que ya están comiendo.

—Tengo una mesa —murmuro, cogiendo un bocadillo.

—Sí, se ve bien. —Dima y Oleg me siguen para sentarse en ella.

—Chelle la eligió. —Siento a la vez orgullo por la mesa que eligió para mí y dolor por el recuerdo. Desenvuelvo el bocadillo y le doy un mordisco.

—¿Y qué pasa con Chelle? —pregunta.

Me encojo de hombros.

—Ya se acabó.

Resulta que estaba hambriento. Ataco el bocadillo.

—Te envió un mensaje hace cinco días pidiendo hablar.

Dejo de masticar.

—¿Lo hizo? —pregunto con la boca llena.

Dima pone mi teléfono delante de mi cara, y leo su mensaje. Vuelve el golpe completo del dolor. Más de lo que puedo soportar.

Niego con la cabeza.

—No va a funcionar. —Sigo masticando.

Dima le da a Oleg una mirada de *¿qué coño pasa?*

—¿Qué te pasa? No has salido de tu apartamento en casi dos semanas por esta chica, ¿y ahora no vas a devolverle la llamada cuando pide hablar?

—No va a funcionar —repito—. Me ve como un asesino.

No quiero seguir persiguiendo a una mujer que no cree que sea redimible. No merece la pena.

Todo jugador necesita saber cuándo retirarse.

CAPÍTULO 22

Chelle
El viernes, llamo a Story.

Mi esperanza se marchitó durante la semana cuando Nikolai nunca me respondió al mensaje.

Ahora esta sensación angustiante de pánico por haberlo perdido crece más fuerte cada día.

Al menos Zane vino a verme, y tuvimos una larga y dolorosa conversación sobre sus malas decisiones este año. Supongo que lo bueno es que el miedo le ha devuelto la cordura. Jura que nunca más volverá a tocar la cocaína ni a apostar.

Espero que sea cierto.

También me contó que Nikolai se había quedado a su lado toda la noche en el hospital, llevándole a casa a las dos de la madrugada. Lo que significa que Shanna tiene razón. A Nikolai le importo.

Quizás incluso me quiera.

Dios, yo definitivamente le quiero. No sé cómo ni por qué seguí fingiendo que no. Sí, tengo reparos sobre su profesión, pero en realidad no tengo ninguna duda sobre él, como persona. Siempre he podido confiar en que haría lo correcto. Me ha apoyado en todas las situaciones.

Lástima que yo no le apoyara a él.

El miedo a haber estropeado las cosas de forma irreparable me destroza. Ni siquiera pretendo creer la historia que me repetía a mí misma de que no le importaba. Que solo se trataba de sexo. Si no le importara, no me habría dejado marchar. No se habría quedado con Zane en el hospital. No habría matado por mí.

Llamo a Story desde el trabajo, fingiendo que quiero hablar sobre contratar a los Storytellers para el Red Room.

—Chelle, me caes bien, pero no estoy segura de poder seguir haciendo negocios contigo ahora —me dice directamente.

Mi corazón empieza a latir más rápido.

—¿Qué quieres decir?

—Quiero decir que soy el tipo de persona que es súper leal a sus amigos, y en este momento, mi amigo está sufriendo por tu culpa.

Me agarro al borde de mi escritorio buscando apoyo.

—¿Nikolai? —grazno. Intento encontrar mi voz—. ¿Está sufriendo?

—Sin rodeos: le has roto el corazón. Lleva días encerrado en su apartamento bebiendo y durmiendo. Le hemos estado llevando comida y comprobando que sigue vivo. Tuvimos que llamar a su hermano para que volviera a ocuparse de él. No está bien.

—No ha contestado a mi mensaje —le digo con tristeza—. ¿Debería... crees que podría ir allí esta noche? ¿Maykl me dejaría entrar?

Story hace una pausa y luego dice:

—No, Oleg dice que esta noche tienen partida de póker. Quizás mañana.

No, mañana no. Cada minuto que pasamos con el corazón roto parece una tragedia épica.

—¿Dónde es la partida?

—Probablemente no sea buena idea —dice Story.

—Por favor. A mí también se me ha roto el corazón, Story. Necesito arreglar las cosas con él. No puedo esperar ni un día más. ¿Por favor?

Hay otra pausa, y luego Story dice:

—Oleg dice que tendrías que venir antes de que empiece. Sobre las ocho o las ocho y media.

—Sin problema. Estaré allí. ¿Adónde debo ir?

—Te enviará la información por mensaje cuando la tenga.

—Gracias. Muchísimas gracias. —Contengo las lágrimas porque oigo a Janette hablando fuera de mi nueva oficina. Derrumbarme en el trabajo sería malo.

Parece apropiado que vaya al lugar donde conocí a Nikolai para empezar de nuevo.

Al menos espero que sea un reinicio y no un *final*.

Nikolai

Me siento como una mierda. Aunque me he duchado, afeitado y comido, me duele la cabeza y siento el cuerpo como si estuviera hecho de plomo.

Adrian, Dima y Oleg preparan la noche de póker en el hotel que elegí a última hora mientras yo me quedo de pie junto a la ventana, mirando hacia fuera.

Estoy inundado de desolación. Esta no es la vida que quiero llevar. Esta sensación de vacío. De falta de propósito.

No sé qué hacer conmigo mismo.

Suena un golpe en la puerta y, por alguna razón, ninguno de los otros capullos se mueve para abrir.

—¿Quién coño es? —exijo, mirando significativamente a Oleg.

Él abre la puerta un poco y mira afuera, luego me mira a mí e inclina la cabeza hacia la puerta.

—¿Quién? —exijo.

Cuando me mira fijamente sin responder, de repente lo sé.

Mi cuerpo se enciende. No sé si es de rabia o de determinación. Me dirijo a zancadas a la puerta y la abro de un tirón.

Chelle está para comérsela.

Para follársela.

Demasiado adorable, joder.

Odio quererla tanto.

—¿Qué haces aquí? —exijo.

Ella palidece, con sus grandes ojos dorados fijos en mi cara, sus pecas destacando.

—Yo, eh, he venido a jugar al póker contigo.

Niego con la cabeza.

—Vete a casa. —Empiezo a volver adentro, pero ella me coge la mano y me arrastra al pasillo. El mismo lugar donde empezó todo esto.

—Iba a apostar mi cuerpo —dice rápidamente, como si tratara de soltarlo de una vez. Se desabrocha el abrigo para mostrarme sus tetas realzadas en un sexy corsé negro.

Estoy negando con la cabeza. No vamos a hacer esto otra vez. De ninguna manera.

—Porque ya perdí mi corazón —suelta.

Me quedo completamente inmóvil. Trago saliva.

Y entonces pierdo la cabeza. Me abalanzo sobre ella y la empujo contra la pared, reclamando su boca con un beso abrasador.

Le agarro el culo y la levanto, y ella me rodea con sus brazos y piernas, devolviéndome el beso.

—Lo siento —gimotea entre besos—. Siento haberme ido.

—Te quiero, Chelle —le digo, aunque se siente como saltar de un avión sin paracaídas—. Te he echado tanto de menos, joder. —Froto el bulto de mi erección en el hueco entre sus piernas mientras beso su cuello, su mandíbula, su frente—. Pero no te quiero de vuelta a menos que te quedes —digo con voz ronca.

Ella me mira sorprendida. Es demasiado pedir, lo sé. Mi chica piensa demasiado las cosas, y ya no está segura sobre mí y la Bratva.

Toma aire.

—Quiero hacerlo —susurra.

Es suficiente.

—Te quiero, Nikolai. —Hay más convicción en esas palabras, y su gracia baña mi cuerpo de consuelo. De rendición.

Eso es más que suficiente. Es todo lo que necesitamos. Nos queremos. El resto ya lo resolveremos.

—Ven a casa conmigo —murmuro, y ella asiente—. ¿Ahora? —Ella asiente de nuevo.

Miro hacia la puerta de la suite del hotel.

Que les den. Pueden encargarse de las partidas.

Tengo a mi chica.

Llevo a Chelle al ascensor y pulso el botón de *bajada*. Ahora es mía. Pase lo que pase, es mía.

No la dejaré escapar una segunda vez.

CAPÍTULO 23

*C*helle

—Siento haberte asustado —murmura Nikolai.
Estoy envuelta en sus brazos en el ascensor de camino a su
apartamento.

—No me asustaste tú —digo—. Me asusté yo misma. La
situación me asustó. —La imagen de los cuerpos sin vida
parpadea en mi mente, y me doy cuenta de lo que desenca-
denó mi ataque de pánico—. Encontré a mi padre después de
que se pegara un tiro.

—Oh, Chelle. —Nikolai acuna la mitad de mi cara, mientras la otra mejilla permanece firmemente apretada contra su
pecho—. Lo siento muchísimo.

—Sinceramente creo que había bloqueado esa imagen
hasta este momento. Pero la sensación era la misma. Las
náuseas y el miedo.

—Lo siento, *zayka*.

El ascensor se abre y salimos. Lo miro.

—Has visto mucha muerte.

Él asiente.

—Eso también me asustó.

—Lo sé. Yo... —Duda con la tarjeta contra la cerradura—. Mi apartamento está hecho un desastre. Probablemente deberías esperar aquí mientras recojo rápidamente.

—No pasa nada. —Abro la puerta. No sé de qué está hablando porque el lugar está impecable.

—Oh. —Parpadea varias veces—. Mis hermanos son muy buenos conmigo.

—¿*Hermanos*, en plural?

—Bratva significa hermandad. Todos son mis hermanos. Esto ha sido muy amable por su parte. —Me mira pensativo —. Sabían que vendrías esta noche. ¿Quién te dijo dónde venir?

—Llamé a Story, y me dijo que no podía hacer negocios conmigo porque te había roto el corazón. Le dije que mi corazón también estaba roto y que necesitaba verte antes de que fuera demasiado tarde.

Nikolai apoya su frente contra la mía.

—Soy un hombre afortunado.

—Yo soy la más afortunada.

Las comisuras de los labios de Nikolai se elevan.

—En un minuto, te llevaré a mi dormitorio y te follaré hasta dejarte sin sentido, pero primero creo que necesitamos hablar. —Me levanta para que me siente a horcajadas sobre su cintura y me lleva a un sillón mullido donde se sienta—. Tienes preguntas sobre lo que soy. Lo que hago. Antes me negué a responderlas, pero ahora contestaré a cualquier cosa. Oferta única. —Me agarra el culo y lo aprieta, haciendo que me resulte difícil concentrarme.

Pero tiene razón. Tengo preguntas que me atormentan sobre él.

Pero ninguna sale de mi boca. En realidad, no quiero saber los detalles.

Él me ayuda.

—He hecho muchas cosas por la Bratva, Pecas. Pero

operamos con un código. No dañamos a los inocentes. Protegemos a los nuestros. No consumimos drogas ni vendemos personas. Hay algo de contrabando, mucha evasión fiscal. Juego y préstamos con intereses abusivos, obviamente. Usamos la intimidación y el miedo para salir victoriosos en negociaciones comerciales, pero rara vez tenemos que cumplir realmente con las amenazas.

Lo miro fijamente. Nada de lo que dice me hace entrar en pánico, pero me doy cuenta de que mis verdaderos temores no han sido abordados.

—¿Alguna vez irás a la cárcel?

Niega con la cabeza.

—Muy improbable. Ravil está casado con la mejor abogada defensora de la ciudad. Además, la policía no tiene motivos para perseguirme.

—¿Puedes dejarlo? ¿Lo harías alguna vez? —Omito la parte de *por mí* porque no quiero exigírselo. Solo quiero saber si está atrapado.

—El código dice que no, pero dos de mis hermanos ya están medio fuera. Nuestro *pakhan* es inusualmente comprensivo. Creo que se pueden hacer arreglos para cualquier cosa.

Desabotono la parte superior de su camisa.

—Si no me hubieras conocido, ¿qué le habrías hecho a Zane?

—Le habría presionado hasta que llegáramos a una solución aceptable para ambos —dice—. Como que firmara el traspaso del Mustang.

Desabotono otro botón de su camisa.

—¿Qué más? —pregunta—. ¿De qué tienes miedo, Chelle?

—Tenía miedo de que solo me quisieras para el sexo.

Chasquea la lengua.

—Y yo pensaba que tú me estabas utilizando a mí para eso.

Me río, una risa de alivio desde las entrañas que libera toda la tensión restante en mi cuerpo.

—Bueno, eso es cierto. Pero solo porque no creía que pudiera manejar todo esto de la Bratva.

—¿Y ahora? —Arquea una ceja sexy.

—Ahora me siento mejor al respecto.

—Vente a vivir conmigo.

—Vale.

Su amplia sonrisa de dientes blancos es una brillante recompensa.

—Quiero que conozcas a mis amigos.

—¿La Bratva?

—Sí. Y a sus esposas. A toda la pandilla. Te gustarán.

La posibilidad de pertenecer a algo se desliza y se posa sobre mis hombros. Desde el suicidio de mi padre, me he sentido tan sola. Como si solo Zane y yo estuviéramos contra el mundo. Sin familia ni red de seguridad, aparte de Shanna, que también está bastante sola.

La idea de formar parte de la unida familia de Nikolai se siente como un regreso a casa, aunque aún no los haya conocido a todos.

—¿Qué más, conejita? ¿Qué necesitas saber antes de que te castigue por abandonarme?

Mis pezones se endurecen ante sus palabras.

—Nada —susurro.

Sus dedos se tensan en mi trasero.

—¿Cuál es mi castigo?

Sus párpados caen.

—Aún no lo he decidido.

Muevo mis caderas sobre las suyas.

—Espera —digo—. Quizás una cosa más.

Me agarra las caderas para continuar el movimiento que detuve, frotándome contra su erección.

—¿Qué es?

—¿Vas en serio con lo nuestro? ¿Comprometido?

—Estoy totalmente entregado, Pecas.

Le sonrío y me arrodillo en el suelo, desabrochando el botón de sus pantalones de vestir.

—Mmm. Es un buen comienzo —ronronea Nikolai.

Libero su erección y agarro la base para estabilizarla para mi boca.

—¿Por qué yo? —pregunto, justo antes de lamer alrededor de la cabeza de su polla.

Él se estremece ante el contacto.

—¿Me estás preguntando qué amo de ti, conejita?

—Mmm hmm. —Prolongo el sonido mientras lo tomo profundamente en el hueco de mi mejilla. Su polla palpita en mi boca, volviéndose más gruesa.

Contiene la respiración y gime antes de responder.

—Me encantan... tus ojos de leona dorada. Y tus pecas. Me encanta tu fuego y determinación, especialmente porque vienen en un paquete tan pequeño y adorable.

Lo meto y saco de mi boca con movimientos largos y lentos, saboreando sus palabras y premiándole por ellas.

Envuelve su puño en mi pelo, pero no tira.

—Me encanta este pelo largo y espeso. Me encanta lo recatada que eres porque es muy divertido cuando finalmente te sueltas.

Lo llevo hasta el fondo de mi garganta, concentrándome en relajarme para poder tomarlo más profundamente.

—Me encanta cómo confías en mí. Que te guste que te dé azotes. Me encanta cuando bailas por la cocina en bragas.

—¿Qué? —Me aparto y lo miro atónita—. ¿Qué has dicho?

Nikolai tiene la decencia de parecer arrepentido.

—¿Mencioné que mi hermano es uno de los mejores hackers que han salido de Rusia?

Enderezo la espalda.

—¿Me estás diciendo...? —Mi mente da vueltas mientras

une las piezas—. ¡Mi Echo! ¿Me estabas espiando a través de mi Echo?

Nikolai agarra mi muñeca y la lleva a sus labios, besando mi pulso.

—Solo una vez. La mañana después de que hiciéramos nuestro trato.

Mi cara probablemente se vuelve de un tono carmesí por lo caliente que se pone.

—Dios mío. —Intento cubrirla con mis manos, pero él atrapa mi otra muñeca y la sujeta con firmeza—. Estoy tan avergonzada.

—Ese es el momento en que me enamoré perdidamente de ti, Chelle Goldberg.

—Ay, Dios —gimo.

—Te haré un trato. —Los ojos de Nikolai se arrugan.

—¿Cuál es?

—Dame una repetición del espectáculo y olvidaré tu castigo.

Mis labios se tuercen en una sonrisa irónica.

—Quizás prefiera el castigo —admito.

Se ríe.

—Lo preferirías, ¿verdad? ¿Qué tal esto? Baila para mí y la cuenta de tu hermano queda saldada. Iba a hacerte reiniciar tus treinta noches.

—Pensaba que estabas comprometido del todo. Para siempre. Sin fecha de finalización.

—Oh, lo estoy. Pero eso no significa que no te mantendré como mi esclava para siempre.

Me río, con la felicidad burbujeando por todas partes porque la idea me emociona sin límites.

—Entonces, ¿qué prefieres, el baile o la mamada? —ronroneo, bajando la mirada hacia su erección.

—Ambos. —Saca el móvil del bolsillo para poner la canción—. Baila para mí, Pecas.

La música sale de su altavoz en la cocina, llenando el apartamento. Me pongo de pie, moviendo las caderas al ritmo en mi versión de twerking mientras le hago un striptease. Me quito el corsé y desabrocho mis vaqueros. Calculo el momento de bajármelos con la letra, agachándome al máximo, rebotando en el suelo para quitármelos antes de volver a subir serpenteando.

Nikolai se acaricia el labio inferior con el pulgar, con la mirada entrecerrada fija en mí.

Sintiéndome poderosa, bailo en bragas como lo había hecho aquel día en mi cocina, dándole el mejor espectáculo que sé hacer. Cuando empiezo a sentirme cohibida de nuevo, me dejo caer al suelo y gateo hacia él para terminar el trabajo que empecé.

Cuando lo vuelvo a tomar en mi boca, acuna mi cabeza con ambas manos.

—Esto es lo que he estado echando de menos toda mi vida —murmura con aprecio—. Tú. Bailando en mi salón. Llenando los espacios vacíos de mi vida.

Me separo y le doy una sonrisa de gato de Cheshire.

—¿Chupándote la polla?

Su sonrisa es cálida mientras toma el control, introduciendo de nuevo su longitud en mi boca.

—Definitivamente chupándome la polla.

EPÍLOGO

Nikolai

Oleg, Adrian y yo esperamos a Zane fuera de su residencia universitaria.

—¡Mierda! ¿Qué es esto? —Se acerca con la mano en una férula con tres de sus dedos entablillados tras la cirugía que tuvo hace dos semanas.

—¿Cómo va tu mano? —pregunto, observando la férula.

Le da la vuelta para mirarla como si fuera un objeto extraño.

—Está bien, supongo. Duele, pero estoy evitando las pastillas para el dolor. He terminado con todo eso.

—Eso es bueno. Te patearé el culo si vuelves a las andadas.

—Gracias por el apoyo —dice con sequedad, pero le veo lanzar una mirada nerviosa hacia Oleg.

Agito las llaves de su Mustang frente a él.

—He venido a ofrecerte un trato —digo.

—¡Aún lo tienes! —Intenta coger las llaves, pero las aparto.

—Aún no has escuchado mis condiciones.

—Vale. —Reparte una mirada cautelosa entre mí y los chicos.

—Necesito tu apoyo.

Una sonrisa burlona se dibuja en sus labios.

—¿Estás comprando mi afecto?

—Sí. Quiero asegurarme a tu hermana.

Su sonrisa se amplía, lo que me relaja. Ya no piensa que soy lo peor que le ha pasado a Chelle.

—¿Qué necesitas de mí?

—Ven al Red Room mañana por la noche. Chelle ha organizado un evento, y voy a hacerle la pregunta allí.

—Necesitaré un coche para llegar. —Zane extiende la mano para recibir sus llaves.

—Ese es mi chico. —Dejo caer las llaves en su palma—. A las ocho en punto. No llegues tarde. —Comenzamos a alejarnos.

—Allí estaré.

—¡Ah! —Me giro y señalo a Zane—. Si se lo cuentas... te mataré.

Se ríe.

—Te creo.

~

CHELLE

Reboto sobre mis talones con emoción. El evento de esta noche ha sido totalmente iniciativa mía. Organicé la actuación de los Storytellers en el Red Room. Lancé una campaña en redes sociales utilizando sus cuentas de Facebook, Instagram, YouTube y TikTok. Lo publiqué en los periódicos locales y en revistas online. Organicé que un par de camiones de comida aparcaran frente al local para darle más ambiente de evento, e incluso invité a Janette para mostrarle de lo que soy capaz.

Ahora está de pie junto a mí, bebiendo un whiskey sour y observando a la multitud.

—Parece que has montado un gran evento en solo unas semanas —dice—. Estoy deseando ver cómo va el lanzamiento con Skate 32.

—Te prometo que hice todo esto en mi tiempo libre —le digo.

—No estaba preocupada por eso —me dice—. De todas formas, tienes un salario fijo, así que no es como si estuviera controlando tu tiempo.

Nikolai se acerca y se coloca detrás de mí, con su mano apoyada ligeramente en mi espalda de esa manera suave pero posesiva que tiene. Es mi roca. El que hace que todo esto parezca fácil y posible. Pero este evento se siente como mi regalo para él. Una forma de honrar a sus amigos e intentar ganarme su respeto, especialmente porque puede que no sea su persona favorita después de cómo le hice daño.

—Janette, este es mi novio, Nikolai. Los miembros de la banda son amigos suyos. Y míos —añado, esperando que sea cierto.

Nikolai le estrecha la mano a Janette y me deja un beso en la cabeza.

—Chelle es una estrella por haber organizado esto.

—Lo es absolutamente. Voy a comprobar mi pedido en el camión de comida. —Janette se marcha y Nikolai me lleva hasta la barra para tomar una copa.

Miro cómo los amigos del ático de Nikolai van llegando. Oleg vino con la banda, por supuesto, pero llegan Sasha, una pelirroja muy divertida, y su marido, Maxim. Adrian les sigue, con su hermana, Nadia, que parece más que un poco asustada de estar aquí. Cuando Flynn la saluda con la mano desde donde está preparándose en el escenario, ella se queda paralizada y mira detrás de sí, como para ver si está saludando a otra persona.

Flynn coge el micrófono.

—Nadia está entre el público —dice, saludando de nuevo.

Una sonrisa tímida aparece en su rostro. No la conozco desde hace mucho, pero es la primera vez que la veo parecer algo más que atormentada. Levanta los dedos en un pequeño saludo.

Ravil y Lucy, el jefe de Nikolai y su esposa, no han venido esta noche por su bebé Benjamin, pero Nikolai sospecha que también se quedaron en casa porque están felices de tener el ático para ellos solos por una vez.

Durante las últimas semanas, he llegado a conocerlos a todos mejor. Hemos pasado tiempo en el ático viendo películas o compartiendo comidas, y los invité al piso de Nikolai para un brunch dominical un par de veces. Dima y su novia Natasha suelen estar aquí los fines de semana, pero no vendrán esta noche, ya que es entre semana.

La banda comienza, manteniéndolo más tranquilo de lo habitual para acompañar el ambiente temprano del happy hour. Sus fans habituales, a quienes atrajimos desde Rue's, adoran el cambio y aplauden después de cada canción.

Veo a Derek junto a Shanna disfrutando de la música, y ambos me hacen un gesto de aprobación con el pulgar.

Cuando la canción termina, Story coge el micrófono.

—Muchas gracias a todos por venir a vernos y al Red Room por acogernos. Este es nuestro primer bolo aquí, y lo estamos pasando de maravilla.

El público aplaude.

—También queríamos dar las gracias a nuestra amiga Chelle por organizar esto. Chelle, ¿dónde estás?

Levanto la mano en el aire.

—Ahí está, señores. ¡Que alguien le invite a una copa!

Nikolai levanta la mano y asiente, y yo me río. Capta la atención de Shanna, y ella se acerca con mi habitual martini sucio.

—¡Esto es divertido! —dice mientras me lo entrega—. Has hecho un gran trabajo. A Derek le encanta el nuevo público.

—Genial. —Cojo distraídamente el palillo con las aceitunas y me doy cuenta de que tiene un lazo atado en el extremo—. ¿Qué es esto?

Shanna me guiña un ojo y desaparece para atender a alguien más.

—¿Qué es esto? —le repito a Nikolai, acariciando los delicados extremos de la cinta con mis dedos.

Sus labios se contraen.

—¿Has hecho esto tú? —Tiro de uno de los extremos y el lazo se deshace, dejando caer un delicado anillo de oro sobre la barra. Jadeo—. ¡Oh! ¿Es tuyo?

Hay una fina tira de papel enrollada alrededor del anillo. La desenvuelvo y la extiendo sobre la barra. Algo está escrito en letras cirílicas.

Me giro para mirar a Nikolai, cuya expresión es inescrutable.

—¿Qué dice?

—*Ty moya* —dice él, con las comisuras de sus labios curvándose hacia arriba.

Mi corazón late más rápido mientras examino el anillo. Es delicado y espectacular al mismo tiempo, con una banda fina y seis diamantes en fila. Me lo deslizo en el dedo anular de mi mano derecha y me giro para mirarle de frente, colocando mis manos sobre su robusto pecho.

—¿Qué significa eso?

Él sonríe con suficiencia.

—Eres mía. —Toma el anillo de mi mano derecha y lo coloca en la izquierda.

Me río mientras emocionantes escalofríos de excitación recorren mi cuerpo.

—¿Esta es tu manera de proponerme matrimonio?

Él asiente.

—*Da.*

—¿Tengo algo que decir al respecto?

Él niega con la cabeza, pero está sonriendo, su mirada fija en la mía.

—*Nyet.*

—Bueno —murmuro—. Supongo que será mejor que me beses entonces.

Nikolai se acerca rápidamente, acunando mi rostro y reclamando mi boca en el tipo de beso que siento directamente entre mis piernas.

Oigo vítores detrás de Nikolai, y cuando abro los ojos, me doy cuenta de que toda la pandilla está agolpada detrás de nosotros. Sasha y Maxim, Oleg, Adrian y Nadia, mi hermano, Zane. Incluso Dima y Natasha están allí.

—¿Entiendo que ha dicho que *sí*? —pregunta Shanna desde el otro lado de la barra justo antes de hacer saltar el corcho de una botella de champán.

—No le di opción —dice Nikolai.

Nuevos gritos y risas se elevan de nuestro grupo.

Story nos felicita desde el escenario, y la banda comienza una increíble versión de "White Wedding" de Billy Idol.

Atraigo el rostro de Nikolai hacia abajo para darle un beso.

—Te quiero —murmuro—. *Ty moya.*

—*Ty moy* —corrige—. Sí, soy tuyo.

Fin

GRACIAS POR LEER *EL CORREDOR*. Si te ha gustado, por favor considera dejar una reseña: marcan una gran diferencia para los autores independientes.

Para un epílogo adicional especial con Nikolai y Chelle , asegúrate de unirte a la lista de correo de Renee.

https://www.subscribepage.com/reneerose_es

¿QUIERES MÁS?

Lee el siguiente libro de la serie *Chicago Bratva*, **El limpiador**

HE CAPTURADO A LA HIJA DEL JEFE SUPREMO
Ella pagará el precio por el pecado de su padre.
Usaré a mi hermosa prisionera para atraparlo.

Para hacerlo sufrir. Para que crea que la estoy lastimando como él lastimó a mi hermana.

Y cuando termine de torturarlo, ofreceré un intercambio: su vida por la de ella.

Le debo una muerte lenta y dolorosa. La venganza es mi derecho.

Pero Kateryna es fuerte en formas que no esperaba.

Ya estaba rota antes de que la tocara, y participa voluntariamente en mi tormento.

Me da vuelta la jugada, seduciéndome con su risa.

Con su salvaje apetito por el dolor y el placer.

Ahora debo elegir: quedarme con ella y renunciar a mi venganza

o destruir a mi enemigo y a la mujer que he llegado a amar.El limpiador

El limpiador

LIBRO GRATIS DE RENEE ROSE

Quiere un libro gratis de Renee Rose? Suscríbete a mi newsletter para recibir *Padre de la mafia* y otro contenido especialmente bonificado y noticias de nuevos. https://Book Hip.com/NCVKLK

OTROS LIBROS DE RENEE ROSE

Vegas Clandestina

Rey de diamantes

Padre de la mafia

Sota de picas

As de corazones

El comodín del Loco

Su reina de tréboles

La mano del muerto

El comodín

Serie Chicago Bratva

Preludio

El director

El solucionador

Poseída

El ejecutor

El soldado

El hacker

El corredor

El limpiador

El jugador

El guardián

Secundaria Wolf Ridge

Alfa Bravucón

El caballero alfa

Un Gran Jefe Malvado: Su pareja

Un gran bravucón

Osos malvados

El reclamo del alfa

Alfa de Montaña

Héroe

Rebelde

Guerrero

Rancho Wolf

Áspero

Salvaje

Feroz

Rudo

Indomable

Implacable

Instintivo

Vigoroso

Dos Marcas

Rebelde - GRATIS

Tentada

Deseada

Seducida

SOBRE RENEE ROSE

RENÉE ROSE, LA AUTORA BESTSELLER EN USA TODAY, ama los héroes dominantes, ¡los machos alfa que saben hablar sucio! Ha vendido más de un millón de copias de tórridas novelas románticas con diferentes niveles de sexo no convencional. Sus libros han sido presentados en el Happily Ever After de USA Today y en Popsugar. Nombrada en el Eroticon de los Estados Unidos como la Próxima Autora Erótica Top en 2013, ha ganado también como Autora Preferida en Ciencia Ficción y Antología Valiente y Atrevida y con la mejor novela romántica histórica en The Romance Reviews. Figuró catorce veces en la lista de USA Today con su serie Rancho Wolf y varias antologías.

**Suscríbete a mi newsletter para recibir contenido especialmente bonificado y noticias de nuevos lanzamientos en Español.

https://www.subscribepage.com/reneerose_es

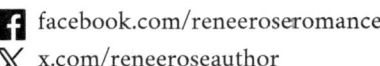

facebook.com/reneeroseromance
x.com/reneeroseauthor
instagram.com/reneeroseromance